JENNIFER L. HOLM

EL PEZ NÚMERO CATORCE

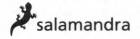
salamandra

Traducción del inglés de
Sonia Tapia

Título original: *The Fourteenth Goldfish*

Copyright © Jennifer L. Holm, 2014
Copyright de las ilustraciones de cubierta y de interior © Tad Carpenter, 2014
Publicado por primera vez en Estados Unidos por Random House Children's Books, New York.
Publicado por acuerdo con Jill Grinberg Literary Management LLC
y Sandra Bruna Agencia Literaria, S.L.
Copyright de la edición en castellano © Ediciones Salamandra, 2017

Publicaciones y Ediciones Salamandra, S.A.
Almogàvers, 56, 7º 2ª - 08018 Barcelona - Tel. 93 215 11 99
www.salamandra.info

ISBN: 978-84-9838-814-5
Depósito legal: B-17.296-2017

1ª edición, septiembre de 2017
Printed in Spain

Impreso y encuadernado en:
RODESA - Pol. Ind. San Miguel. Villatuerta (Navarra)

Para Jonathan, Will y Millie,
mis científicos locos

A un hombre no se le puede enseñar nada; sólo se le puede ayudar a descubrirlo por sí mismo.

GALILEO GALILEI

1
Nemo

Cuando estaba en preescolar, tenía una maestra que se llamaba Starlily. Llevaba vestidos hippies teñidos de muchos colores y siempre nos traía galletas de cereales y lino que no sabían a nada.

Starlily nos enseñó a sentarnos quietos para merendar, a taparnos la boca para estornudar y a no comernos la plastilina, algo que casi todos los niños parecían considerar opcional. Y un buen día nos trajo a cada uno un pececito de colores. Los había comprado en una tienda de animales, diez por un dólar. Antes de mandarnos a casa con él, les dio una charla a nuestros padres.

—El pececito les enseñará a vuestros hijos el ciclo de la vida —explicó—. Un pez de colores no dura mucho tiempo.

Yo me llevé a mi pez a casa y le puse de nombre *Nemo*, como todos los niños del mundo que se creían muy originales. Pero resultó que *Nemo* sí era original.

Porque *Nemo* no se murió.

Incluso después de que todos los peces de mis compañeros se hubieran ido a la gran pecera del cielo, *Nemo* seguía vivo. Y seguía vivo cuando terminé preescolar. Y también cuando cursé primero. Seguía vivo en segundo, en tercero y en cuarto. Y por fin, cuando estaba en quinto, entré una mañana en la cocina y me encontré a mi pececito flotando panza arriba en la pecera.

Mi madre soltó un gruñido cuando se lo conté.

—Pues no ha durado mucho —comentó.

—Pero ¿qué dices? —exclamé—. ¡Si ha durado siete años!

Ella sonrió y dijo:

—Ellie, ése no era el *Nemo* original. El primer pez sólo duró dos semanas. Cuando se murió, compré otro y lo metí en la pecera. A lo largo de los años ha habido un montón de peces.

—¿Éste qué número era?

—El trece, el de la mala suerte —me contestó con expresión irónica.

—Todos tuvieron mala suerte —observé yo.

Organizamos un funeral para *Nemo 13* en el váter, y le pregunté a mi madre si podíamos tener un perro.

2
Puzles

Vivimos en una casa que parece una caja de zapatos. Tiene dos habitaciones y un baño, con un inodoro que siempre está atascado. Creo que está embrujado por los fantasmas de todos los peces que hemos tirado ahí dentro.

El patio es diminuto: sólo una losa de cemento en la que apenas caben una mesa y unas sillas. Por eso mi madre no me deja tener perro. Dice que no sería justo para él, que un perro necesita un jardín de verdad para correr.

Mi canguro, Nicole, entra en la cocina, donde yo estoy haciendo un puzle que prácticamente ocupa toda la mesa.

—Llevas con ese puzle una eternidad, Ellie —me dice—. ¿De cuántas piezas es?

—De mil.

Es una imagen de Nueva York: una escena de la calle, con taxis amarillos.

Me encantan los puzles. Me gusta imaginar cómo encaja todo. Cómo una curva se ajusta a otra curva y el ángulo perfecto de una esquina.

—Algún día voy a actuar en Broadway —me dice.

Nicole tiene el pelo largo, precioso, como de anuncio de champú. Hizo de Julieta en la producción de *Romeo y Julieta* que mi madre dirigió en el instituto. Mi madre es profesora de teatro en el instituto y mi padre es actor. Se divorciaron cuando yo era pequeña, pero siguen siendo amigos.

Me dicen siempre que tengo que encontrar mi pasión. Concretamente, les gustaría que me apasionara el teatro. Pero no es así. A veces me pregunto si nací en la familia equivocada. Estar en el escenario me pone muy nerviosa (he visto a demasiados actores meter la pata), y tampoco me entusiasma trabajar entre bambalinas (al final siempre acabo planchando trajes con vapor).

—Ah, sí. Ha llamado tu madre. Va a llegar tarde —dice Nicole. Y casi como si acabara de acordarse, añade—: Por lo visto ha tenido que ir a la policía a buscar a tu abuelo.

Por un momento pienso que he oído mal.

—¿Qué? ¿Le ha pasado algo?

Ella se encoge de hombros.

—No me lo ha dicho. Lo que sí ha dicho es que podemos pedir una pizza.

Una hora más tarde, tengo la barriga llena de pizza, pero sigo sin entender nada.

—¿Mi madre no ha dicho por qué estaba mi abuelo con la policía? —pregunto.

Nicole también parece perpleja.

—Pues no. ¿Es que suele meterse en líos?

Niego con la cabeza.

—No creo. Quiero decir que es viejo.

—¿Qué edad tiene?

No lo sé muy bien. La verdad es que nunca se me había ocurrido pensarlo. A mí, sencillamente, siempre me ha parecido «viejo»: con arrugas, el pelo gris, un bastón... El típico abuelo.

Sólo lo vemos dos o tres veces al año, normalmente en un restaurante chino. Siempre pide *moo goo gai pan* y roba sobrecitos de salsa de soja para llevárselos a su casa. Muchas veces me he preguntado qué hará con ellos. No es que vivamos muy lejos, pero mi madre y él no se llevan del todo bien. Mi abuelo es científico y dice que lo del teatro no es un trabajo de verdad. Todavía está enfadado porque mi madre no fue a Harvard, igual que él.

A lo lejos se oye la alarma de un coche.

—Quizá haya tenido un accidente de tráfico —aventura Nicole—. No sé por qué los adolescentes tienen tan mala fama, cuando los viejos conducen mucho peor.

—Mi abuelo ya no conduce.

—Puede que se haya perdido. —Nicole se da unos golpecitos en la cabeza—. Mi vecina tenía alzhéimer y no hacía más que escaparse. La policía tenía que llevarla siempre de vuelta a su casa.

Parece que esté hablando de un perro.

—Eso es muy triste —comento.

Nicole asiente con la cabeza.

—Tristísimo. ¡La última vez que se escapó la atropelló un coche! Qué fuerte, ¿verdad?

Me la quedo mirando con la boca abierta.

—Pero seguro que tu abuelo está bien —añade luego.

Entonces se echa el pelo hacia atrás y sonríe.

—¡Oye! ¿Quieres que preparemos palomitas y veamos una peli?

3
El anillo

Por la ventana de mi cuarto entra un aire caliente. Vivimos en el Área de la Bahía, a la sombra de San Francisco, y las noches de finales de septiembre pueden ser frescas. Pero esta noche hace calor, como si el verano se negara a marcharse.

Antes me encantaba la decoración de mi cuarto, pero últimamente no estoy tan segura. Las paredes están cubiertas con las huellas de mis manos pintadas y con las de mi mejor amiga, Brianna. Empezamos a hacerlas en primero y cada año añadíamos más manos. Se puede ver cómo las huellas se van haciendo más grandes, como si fuera una cápsula del tiempo de mi vida.

Pero este curso todavía no hemos dejado ninguna, ni siquiera este verano, porque Brianna ha encontrado su pasión: el voleibol. La verdad es que ya ni siquiera sé muy bien si sigue siendo mi mejor amiga.

Es tarde cuando por fin la puerta del garaje se abre con un chirrido. Oigo a mi madre hablar con Nicole en el recibidor y voy con ellas.

—Gracias por quedarte —le está diciendo.

Mi madre parece agotada. Tiene todo el rímel corrido bajo los ojos y el lápiz de labios casi borrado. Su color natural de pelo es rubio oscuro, como el mío, pero ella se lo tiñe. Ahora lo lleva morado.

—Ningún problema —contesta Nicole—. ¿Está bien tu padre?

Una expresión inescrutable cruza el rostro de mi madre.

—Sí, sí. Está bien. Gracias por preguntar. ¿Necesitas que te lleve a casa?

—¡No hace falta! Por cierto, Lissa, ¡tengo una buena noticia!

—¿Ah, sí?

—¡Me han dado trabajo en el centro comercial! Genial, ¿no?

—No sabía que buscaras trabajo —dice mi madre, desconcertada.

—Pues sí. No creía que me lo fueran a dar. Es una oportunidad fantástica. ¡En el taller de piercings del centro!

—¿Y cuándo empiezas?

—Bueno, ése es el asunto... Quieren que empiece mañana por la tarde, así que ya no podré cuidar de Ellie. Te habría avisado con más tiempo, pero...

—Tranquila, lo entiendo —responde mi madre, aunque percibo la tensión en su voz.

18

Nicole se vuelve hacia mí.

—Ah, se me había olvidado contártelo. ¡Me hacen descuento! ¿A que es estupendo? Así que pásate por allí cuando quieras.

—Ah... vale —contesto.

—Bueno, tengo que irme ya. ¡Buenas noches!

—Buenas noches —repite mi madre.

Nos quedamos las dos en la puerta, viendo cómo se aleja en la noche.

—¿Acaba de dejarnos? —pregunto. Estoy un poco impactada.

Mi madre asiente con la cabeza.

—Esto ha sido la guinda del pastel.

Me quedo mirando fijamente en la oscuridad para vislumbrar por última vez a mi canguro, pero distingo otra figura: un niño con el pelo largo. Está debajo de la vieja y agonizante palmera que tenemos en el jardín delantero, que no hace más que soltar enormes hojas marrones por todas partes. Mi madre dice que hay que talarla.

El niño es delgado, con aspecto fibroso. Aparenta unos trece o quizá catorce años. A los chicos a veces es difícil calcularles la edad.

—¡Tienes que sacar la basura! —le grita el niño a mi madre. Mañana es cuando la recogen, y los cubos de nuestros vecinos están alineados en la calle.

—¿Quieres entrar de una vez, por favor? —replica mi madre.

—¿Y cuándo fue la última vez que abonaste el césped? —inquiere él—. Han salido malas hierbas.

—Es tarde —insiste mi madre, que aguanta impaciente la puerta abierta.

19

Me pregunto si será uno de sus alumnos. A veces la ayudan a cargar y descargar cosas de su enorme y destartalada furgoneta.

—Tienes que cuidar la casa si quieres que conserve su valor —añade el chico.

—¡Que entres!

Reticente, el niño coge una enorme bolsa de lona y camina hacia la casa.

No parece el típico alumno del grupo de teatro. Éstos normalmente llevan vaqueros y camisetas, ropa cómoda. Pero él viste una camisa arrugada de raya fina, unos pantalones kaki de poliéster, una chaqueta de tweed con coderas y unos mocasines de piel. Pero lo que más llama la atención son sus calcetines: negros, de ejecutivo. En el colegio no hay muchos niños que lleven ese tipo de calcetines. Parece que estuviera a punto de ir a un *bar mitzvah*.

Se me queda mirando con unos ojos penetrantes.

—¿Has entrado en el cuadro de honor?

Me desconcierta un poco, pero de todas formas contesto:

—Eh... Todavía no nos han dado las notas.

Hay algo en él que me resulta familiar. Tiene el pelo castaño oscuro, bastante alborotado, y con las puntas teñidas de gris. ¿Será un actor de alguno de los espectáculos de mi madre?

—¿Quién eres? —le pregunto.

Me ignora.

—Tienes que sacar buenas notas si quieres acceder a un programa de doctorado que sea competitivo.

—¿Un doctorado? ¡Tiene once años! —exclama mi madre.

—Nunca es pronto para empezar. Y a propósito —añade, con una significativa mirada al atuendo de mi madre—, ¿eso es lo que te pones para ir a trabajar?

A mi madre le gusta asaltar el guardarropa del teatro del instituto. Esta mañana se ha ido de casa con una falda negra de satén larga hasta el suelo y una chaquetilla corta encima de una holgada camisa blanca con volantes.

—A lo mejor deberías plantearte comprar un buen traje de chaqueta —sugiere.

—Ya veo que sigues viviendo en la Edad de Piedra —replica ella.

El niño se vuelve entonces hacia mí y se fija en mi pijama de pantalón corto y camiseta sin mangas.

—¿Por qué llevas un pijama tan corto? ¿Qué ha sido de los camisones largos? ¿Es que también te vuelven loca los chicos, como le pasaba a tu madre?

—Todas las niñas de su edad llevan esos pijamas —contesta mi madre por mí—. ¡Y a mí no me volvían loca los chicos!

—Si no fuera así, no te habrías fugado con uno.

—Estaba enamorada —se defiende ella, apretando las mandíbulas.

—Un doctorado dura mucho más que el amor —replica él—. No es demasiado tarde para retomar los estudios. Todavía estás a tiempo de sacarte un título de verdad.

Hay algo en ese diálogo que me suena mucho. Como si estuviera volviendo a ver una película que ya he visto. Me fijo bien en el niño: el pelo con las puntas plateadas, lo cómodo que se lo ve en nuestro recibidor, su mano derecha, que se abre y se cierra como si tuviese la costumbre de agarrar algo. Pero lo que realmente me llama la atención es el grueso anillo de oro con una gema roja que le baila en el dedo corazón. Es un anillo de universidad, de los que te dan en la facultad, y parece viejo y muy usado.

—He visto antes ese anillo —digo. Y entonces recuerdo dónde lo he visto. Me quedo mirando al niño y balbuceo—: ¿Abuelo?

4

Magia

A quién esperabas —pregunta él—, al ratoncito
Pérez?

Parece un niño de trece años, pero al fijarme
con mayor detenimiento, veo indicios de mi abuelo. Los acuosos ojos azules, el gesto ligeramente
mordaz de su boca, el modo en el que se le unen
las cejas.

—¿Es algún truco de magia? —pregunto.

El niño frunce los labios y mira a mi madre.

—¿Estás educando a mi nieta para que crea
en la magia? Eso es lo que pasa cuando uno es-
tudia teatro. —Pronuncia «teatro» como si fuera
una palabrota.

—Lo que tú digas, papá —responde mi madre,
que ahora parece una adolescente pasota.

23

—Esto es ciencia, pura y simple ciencia —me explica mi abuelo.

Pero no veo nada simple en esto y niego con la cabeza.

Suspira de un modo dramático.

—Debería resultar obvio. He descubierto una manera de invertir la senescencia mediante la regeneración celular.

Me lo quedo mirando.

—En términos vulgares: he descubierto una cura para la vejez. —Le tiembla la voz de emoción—. De hecho, ¡he descubierto la fuente de la eterna juventud!

No sé qué pensar. Por un lado, habla como mi abuelo y casi tengo la tentación de mirar si lleva sobrecitos de soja en el bolsillo de la chaqueta, pero por otro lado no estoy muy segura de creerme nada de lo que está ocurriendo. En parte me pregunto si el niño no será sólo un bicho raro que le ha robado el anillo a mi abuelo y está engañando a mi madre. Tiene debilidad por los niños con historias tristes.

Me vuelvo hacia ella.

—¿Estás segura de que es el abuelo?

Pone los ojos en blanco.

—Es él, no hay duda.

—¡Pues claro que soy yo! —exclama el chico, indignado. Se saca una gastada cartera de viejo y me enseña su carnet de conducir. En la foto aparece el rostro malhumorado de mi abuelo, y la expresión de sus ojos es exactamente la misma que la del niño.

—Esto es superguay —susurro.

—¿Guay? ¡Esto es histórico! ¡Me van a dar el Nobel! —Ha alzado la voz—. ¡Todo el mundo conocerá a Melvin Herbert Sagarsky!

Mi madre bosteza. Es evidente que nada de esto la impresiona. O tal vez sólo esté cansada. La verdad es que es muy tarde.

—Me voy a la cama. ¿Por qué no haces amistad con tu nieta? —Mira fijamente a mi abuelo—. Y no metas nada raro en la nevera.

Mi madre explica que, cuando era pequeña, su padre guardaba experimentos en la nevera, y que ella se encontraba un montón de placas de Petri junto al queso y la mantequilla.

Mi abuelo y yo nos quedamos solos en la cocina. A él le suenan las tripas.

—¿Tenéis algo de comer? —pregunta—. Me muero de hambre.

—Hay pizza.

De pie, delante de la barra de la cocina, devora el resto de la pizza.

—Cuando están haciendo experimentos por la noche, los ayudantes de laboratorio viven a base de pizza —comenta.

Luego va a la nevera, saca la leche y se sirve un vaso grande. Se lo bebe y lo llena otra vez.

Me mira meneando el cartón y eructa.

—Debes tomar calcio. Todo lo que dicen sobre la densidad ósea es verdad. Yo perdí cinco centímetros de estatura en los últimos diez años de mi vida.

—¿Te encogiste?

—Los males de la vejez —contesta.

—Por lo menos ahora has recuperado el pelo —señalo.

Le brillan los ojos.

—¡He recuperado algo más que el pelo! ¡Tengo la vista al cien por cien, el oído perfecto y mi artritis ha desaparecido! —exclama, moviendo los dedos.

—¿Por qué te ha cogido la policía?

—Porque decían que estaba allanando una propiedad privada. Me han soltado con una amonestación.

—¿Qué propiedad?

—¡Mi laboratorio! —La voz le tiembla de indignación—. ¡Si prácticamente lo he construido yo! He participado en diecinueve de sus patentes, ¿sabes? Yo diría que me deben un poco de respeto.

Asiento con la cabeza, aunque no tengo ni idea de lo que es una patente.

—Desde que la compañía trajo a esos charlatanes de los inversores todo ha cambiado. Ahora sólo se habla de maximizar los beneficios de esto y minimizar los riesgos de aquello. No tienen ningún respeto por la ciencia.

Entonces bosteza y parece que se quede de golpe sin energía, como si hubieran apagado un interruptor. Se le hunden los hombros. La ilusión se desvanece y de pronto parece un niño de trece años cualquiera, cansado y pidiendo a gritos un buen corte de pelo.

—¿Dónde voy a dormir? —pregunta.

5

Medusas

Siempre soy la primera en levantarme por la mañana, porque me gusta preparar el desayuno. Mi madre odia cocinar y bromea diciendo que no sabe si de verdad soy hija suya. Pero lo cierto es que me encuentro cómoda en la cocina: es un sitio donde hay orden, y experimentar es divertido.

Últimamente he estado preparando lo que llamo «tortitas locas». Utilizo masa de tortitas y luego le añado varios ingredientes. Hasta ahora he hecho la versión «nube de chocolate» (chocolate, nubes de azúcar y galletas integrales trituradas), otra llamada «banana Split» (plátano, trocitos de chocolate y guindas) y una de piña colada (con piña y coco).

Esta mañana, sin embargo, recurro a una vieja receta: «bombón de cacahuete». Los hago con mantequilla de cacahuete y trocitos de chocolate. Estoy poniendo las tortitas en el plato cuando mi abuelo entra en la cocina. Lleva un pijama de viejo, de esos de algodón con botones, y el cabello recogido en una coleta con una de mis gomas. La debe de haber encontrado en el baño.

—Al váter le pasa algo —me dice—. He tenido que utilizar el desatascador.

—Sí, es habitual. ¿Quieres tortitas?

—Gracias. —Y se sirve un plato.

Come deprisa y luego repite. Los adolescentes comen mucho, supongo.

Tiene unas greñas terribles al levantarse de la cama, algo que me resulta muy familiar, porque a mí me pasa lo mismo: me levanto con todo el pelo encrespado y de punta. Siempre lo he odiado. Quizá lo he heredado de él.

—Tengo un espray muy bueno para el pelo encrespado —le digo.

Blande la cuchara en mi dirección.

—Tengo cosas más importantes de las que preocuparme. Necesito sacar mi *T. melvinus* del laboratorio. Es lo que me ayudó a dar con la fórmula para revertir la senescencia.

—¿Qué es la senescencia? —Suena como una enfermedad terrible.

—La senescencia es el proceso de envejecimiento.

O sea, que yo no andaba desencaminada.

—¿Y qué es el *T. melvinus*?

—La *Turritopsis melvinus*. Una especie de medusa.

—¿Una medusa te ha hecho esto? ¿Estás de broma?

Alza una ceja.

—¿Por qué es tan difícil de creer? Siempre ha habido ejemplos de capacidades regenerativas en la naturaleza.

—¿Sí?

Mi abuelo se inclina hacia mí muy serio.

—Toma el platelminto por ejemplo. Lo cortas en dos y cada parte se convierte en un nuevo gusano. La hidra, una criatura de agua dulce, es capaz de regenerar partes de su cuerpo, y la anémona de mar no parece experimentar ninguna clase de senescencia.

Nunca había oído nada de esto.

—Y luego está la *Turritopsis nutricula* —prosigue en tono maravillado—. La *T. nutricula* es una medusa que puede revertir su cuerpo al estado de pólipo. ¡A su ser más joven!

Esto es interesantísimo. Él es interesantísimo. Es como si antes nunca le hubiera prestado verdadera atención. Y puede que así sea, porque, cuando estamos juntos, mi madre y él casi siempre se dedican sólo a discutir.

—¿Cómo sabes tanto de esas cosas? —pregunto.

—Porque llevo investigándolas desde hace cuarenta años. Es mi proyecto personal. Me han publicado artículos, ¿sabes?

Empiezo a pensar que quizá no conozco a mi abuelo en absoluto. No al de verdad. Es como si hubiera estado interpretando el papel de abuelo en una obra de teatro, y ahora resulta que debajo del maquillaje hay algo más: una persona real.

—Hace unos pocos meses, se puso en contacto conmigo un buceador australiano que estaba en Filipinas, porque había leído en internet que yo estaba investigando las medusas. Creía haber encontrado un extraño espécimen de *T. nutricula*. Le pedí que me la enviara. La *T. nutricula* típica es pequeña, de pocos milímetros. Del tamaño de la uña del meñique. —Y alza su meñique—. Pero el ejemplar de *T. nutricula* que él me envió era enorme, de más de trescientos milímetros.

—No se me da muy bien calcular en milímetros —reconozco.

—Medía treinta centímetros de diámetro —me explica—. Y había otras anomalías. Enseguida vi que era una nueva especie. E incluso le puse nombre: *Turritopsis melvinus*.

—¿No debería llevar el nombre de quien la encontró? —pregunto.

Él resopla, burlón.

—Lo único que hizo el buceador fue atraparla. El que la identificó fui yo. El que hizo todo el trabajo fui yo. Quien creó la fórmula y quien la probó con ratones.

—¿Has experimentado con ratones? —Eso parece peor que lo de tirar peces por el retrete.

—Ratones adultos —dice—. Unos días después de inyectarles la fórmula, revirtieron a una etapa adolescente.

—¿Se convirtieron en adolescentes? —Traté de imaginarme a unos ratones con espinillas y pelo largo.

—¡Exacto! —exclama—. De manera que me la inyecté yo también, y el resto es historia. Estaba intentando sacar del laboratorio los restos del espécimen de *T. melvinus*, cuando me pescó un gorila de esos de seguridad.

Me quedo pensando un momento.

—¿Y no podrías llamar a tus antiguos jefes y contarles lo que ha pasado? Quiero decir que esto es una especie de gran descubrimiento, ¿no? Seguro que se pondrán a dar saltos de alegría.

—Ellos ni siquiera saben que el espécimen está ahí. —Su expresión se endurece—. Además, se llevarían todo el mérito. Y éste es mi descubrimiento.

—¡Buenos días, chavales! —gorjea mi madre.

Hoy se ha puesto uno de sus atuendos habituales: un vestido de color púrpura fosforito por encima de las rodillas y botas negras altas.

Mi abuelo ahoga una exclamación al verla.

—¡Melissa! ¡No irás a trabajar así!

—¿Qué tiene de malo? —pregunta mi madre.

—¡Que se te ve hasta el final de los muslos!

Ella rechaza el comentario con un gesto y empieza a recoger sus bolsas.

—Pongámonos en marcha si no queremos llegar tarde.

—¿Tarde a qué? —quiere saber.

—Al colegio, claro.

—¿Al colegio? —balbuce mi abuelo—. Yo ya he ido al colegio. Tengo dos doctorados, por si se te ha olvidado.

—Mala suerte. Vas a ir. He llamado a Bernadette esta mañana.

Bernadette es la secretaria del instituto y una de las amigas de mi madre.

—¿Y qué le has dicho? —pregunto.

Señala con la cabeza a mi abuelo.

—Que Melvin es el hijo de una prima lejana. Que su padre murió y su madre ha vuelto a casarse con un adicto a la metanfetamina. Y que el chico no se lleva muy bien con su padrastro, de quien sospecha que provocó el incendio en el que ardió la caravana con su padre dentro. De manera que ha venido haciendo dedo y yo lo he acogido.

—¡Es buenísimo! —exclamo, con auténtica admiración.

—A tu padre le encantará oírlo. Es de una obra que escribió en la facultad: *Hamlet en Fresno*. La dirigí yo.

Mi abuelo nos interrumpe:

—¿Por qué no puedo quedarme aquí? ¡Soy perfectamente capaz de cuidarme solo! —Suena como cualquier adolescente del mundo.

—¿Se te ha olvidado que la policía te dejó bajo mi custodia? Trabajo con niños. Soy profesora. No puedo tener en mi casa a un adolescente que hace novillos. Si te viera alguien, perdería el trabajo.

Se hace el silencio y mi abuelo mira al suelo.

—Vale. Ya voy —masculla.

—Genial. —Y mi madre añade—: Por cierto, eres el nuevo canguro de Ellie.

6

Perritos empanados

Al final de quinto grado, hubo una ceremonia formal de graduación. Todo el mundo se arregló mucho y acudieron también los padres e hicieron fotos. Incluso nos dieron un diploma atado con una cinta.

Luego, mi padre, mi madre, Ben, que es su novio, y yo, salimos a cenar a mi restaurante mexicano favorito, un cuchitril donde te sirven todas las patatas fritas que quieras.

—No te lo tomes a mal, Ellie —dijo Ben mientras esperábamos la comida—, pero creo que es un poco ridículo celebrar una graduación de la escuela elemental.

Ben no habla mucho, pero cuando abre la boca siempre dice algo interesante.

—Pues yo creo que está muy bien celebrar su logro —intervino mi madre.

Ben soltó una risita.

—No puede decirse que aprobar la educación primaria sea precisamente un logro. Ahora bien, ¿el instituto? Eso ya es otro cantar.

Mi padre hizo una mueca.

—Deberían darte una medalla por sobrevivir a eso.

En aquel momento no entendí a qué se refería. Pero ahora sí. El instituto es como uno de esos servicios de autopista en medio de la nada. Está sucio y huele mal, y hay un montón de desconocidos. Cuando terminé la primaria conocía a todos mis compañeros. Los había visto crecer, y ellos a mí. Sabíamos quién mojaba los pantalones en preescolar y qué padre se desgañitaba gritándole al entrenador durante los partidos infantiles de béisbol. No teníamos secretos y estábamos muy a gusto. Pero en el instituto hay muchos chicos nuevos, y algunos parece que vengan de otro planeta.

Como el chico gótico. Siempre va de negro: los pantalones, la camiseta, una chaqueta gruesa, unas botazas Doctor Martens. Lleva un piercing en la oreja, otro en la ceja y otro en la nariz. Seguro que en el aeropuerto le pitan los detectores de metales. Y luego hay dos chicas que visten como si fueran gemelas, aunque está claro que no lo son. Van siempre exactamente iguales, hasta con los mismos calcetines. Las he oído hablar por los pasillos y una siempre acaba las frases de la otra.

Hago la cola del almuerzo y luego miro a mi alrededor en busca de un sitio donde sentarme.

No tenemos cafetería; comemos fuera, con las gaviotas revoloteando por encima de nuestras cabezas. Algunas veces se lanzan en picado y roban patatas fritas de las bandejas.

Hay un sitio libre al lado de mi compañera de laboratorio de ciencias. Se llama Momo y no fue a mi colegio. Pero entonces veo a Brianna, que está con un grupo de chicas del equipo de voleibol. El sitio frente a ella también está libre, de manera que me siento allí, con el almuerzo que he pedido: un perrito empanado, patatas fritas y unas rodajas de naranja.

—¿Te has cortado el pelo? —le pregunto, sorprendida.

Brianna siempre ha llevado el pelo largo, igual que yo. Nos dejamos el flequillo a la vez, en tercero. Incluso juntamos dinero entre las dos para poder comprarnos gomas de pelo chulas y poder compartirlas, con lazos, brillantitos, plumas chillonas y cintas de colores.

Pero ahora ya no las necesita, porque tiene una melenita muy corta, con un ángulo muy marcado. Yo nunca he podido hacerme un corte tan mono, porque tengo el pelo demasiado desmadrado.

—Es más cómodo para jugar al voleibol —me explica.

Está guapa, pero no parece Brianna.

Señalo mi almuerzo.

—¡Mira! ¡Un perrito empanado! —exclamo.

Ella suelta una risita.

Es una broma particular. A las dos nos encantan los perritos empanados. Hasta nos inventamos un anuncio para ellos. Yo recito mi parte:

—Con un perrito empanado se puede hacer cualquier cosa. Cortarlo en rebanadas para echarlo en la ensalada.

—Con el perrito empanado puedes hacer una manta. ¡Ideal para echar una siesta hasta las tantas! —replica ella.

Cada vez decimos más disparates:

—¡Escribe críticas literarias!

—¡Hace maullar a los perros!

Nos morimos de risa y casi me siento como en los viejos tiempos.

Alzo mi perrito empanado.

—¿Quieres la mitad?

Vacila y luego niega con la cabeza y sacude ligeramente su melenita.

—El entrenador nos da muchísimo la paliza con que comamos sano.

—¿Quieres venir a dormir a casa el sábado por la noche? —le sugiero.

Parece incómoda.

—Hay campeonato.

—Ah.

Me acuerdo de la vez que fui a pescar en el campamento de verano. No pesqué nada, por mucho que tiré al agua el sedal con el gusano.

Me quedo escuchando mientras ellas hablan de voleibol. Consideran que el entrenador es muy duro, una niña llamada Serena necesita practicar su servicio, el hotel en el que se alojarán este fin de semana tiene piscina.

Una de las chicas se levanta de pronto con su bandeja y dice:

—Más nos vale no llegar tarde.

—¿Tarde para qué? —le pregunto a Brianna.

—Hay una reunión del equipo para la recaudación de fondos —me explica—. Venta de tartas.

—Adiós —me despido. Pero ella ya se ha ido.

Me quedo mirando mi perrito empanado y me pregunto si no seré yo el estúpido gusano.

Una bandeja golpea la mesa delante de mí.

—¿Te lo puedes creer? —me espeta mi abuelo.

Lleva unos pantalones de poliéster azul marino, una camisa abrochada hasta arriba, corbata, un jersey de cuello de pico con su chaqueta de tweed. Sin duda, su estilo llama la atención.

—¿Tres dólares por un almuerzo escolar? ¡Es una ganga!

Devora su perrito en dos bocados y mira el mío, que está sin tocar.

—¿Te vas a comer eso?

—Perritos empanados: la fuente de la eterna juventud —bromeo.

—¿De qué hablas?

Empujo la bandeja hacia él con un suspiro.

7

Nuestra ciudad

Después de clase, el autobús escolar está abarrotado y alguien ha comido demasiado ajo. Mi abuelo se queja todo el camino.

No le entusiasma el instituto. Dice que es un aburrimiento y una pérdida de tiempo, sobre todo la educación física. Pero lo que de verdad lo pone negro son los libros de texto. Ahora blande el de ciencias ante mí.

—¿Te lo puedes creer? ¡Ni una palabra! ¡Ni una nota a pie de página! ¡Totalmente ignorado!

—¿El qué?

—¡Yo! ¡Yo debería estar en este libro!

El autobús para y los niños van saliendo.

Mi abuelo mira fijamente el libro de texto.

—¿Cómo puede ser que no mencione a Sagarsky?

—Tal vez porque Sagarsky es un charlatán —dice una voz a nuestra espalda.

Nos volvemos. Es el niño gótico. Sólo coge el autobús de vez en cuando, porque por norma lo lleva un chico mayor en un coche destartalado.

—¿Un charlatán? ¿Un charlatán? —escupe mi abuelo—. ¿Tú quién eres?

El chico se presenta:

—Raj. —Me mira. Un largo mechón de pelo negro le cae sobre la frente.

—Soy Ellie. Ellie Cruz. Y éste es mi abu... —Casi se me escapa—. Mi primo Melvin.

Mi abuelo fulmina a Raj con la mirada.

—¿Y tú qué tienes contra Sagarsky?

—Mi profesor de ciencias dice que son los embaucadores como Sagarsky los que dan mala fama a los científicos de verdad.

—¿Mala fama? ¡Sagarsky es un científico muy respetado! —protesta mi abuelo.

Raj se encoge de hombros.

—Bueno, mi profesor dice que no es más que otro de los muchos charlatanes que andan buscando la fuente de la juventud.

Los frenos del autobús chirrían.

—Ésta es nuestra parada —le digo a mi abuelo, tirando de él—. Encantada de conocerte, Raj.

Asiente con la cabeza.

—Nos vemos.

Mi abuelo lo mira ceñudo al pasar.

—¡No si de mí depende! —le suelta.

—¡He seleccionado a mis protagonistas! —anuncia mi madre al entrar en la cocina—. ¡Vamos a pedir algo de comer para celebrarlo!

Se va al cajón donde guardamos los menús de comida a domicilio y se pone a hojearlos.

—¿Qué os parece algo tailandés... o cocina birmana? —propone—. O también hay un coreano nuevo de barbacoas que estoy deseando probar.

—Yo no como ninguna de esas cosas —responde mi abuelo.

—Si las probaras, a lo mejor te gustarían —intenta convencerlo mi madre.

La mira belicoso.

—No quiero probarlas. A mí me gusta la comida china. La comida china es de fiar. Cuando entras en un restaurante chino, sabes lo que vas a comer.

Tanto hablar de comida china me ha dado hambre.

—Quiero una sopa *wonton* —digo.

Mi madre suspira.

—Vale —accede, pero su voz ha perdido un poco de entusiasmo.

Cuando vuelve de recoger el pedido, nos sentamos en nuestros taburetes frente a la encimera. Mi abuelo escarba en su cartón con suspicacia.

—Esto no se parece al *moo goo gai pan* de siempre. Esto parece picante. Ya sabes que no me gusta el picante, Melissa.

—Es el *moo goo gai pan* normal y corriente de siempre, papá.

41

Mi abuelo prueba un bocado y lanza su veredicto.

—No pica —anuncia.

—Bien —replica mi madre—. Me tenía muy preocupada.

—¡Pfff! —resopla él—. ¿Has pedido extra de salsa de soja?

—Sí, papá. Está en la bolsa —contesta ella, volviéndose hacia mí y poniendo los ojos en blanco—. Bueno, hablando de otra cosa, ¡los chicos a los que he elegido para hacer de Emily y George son alucinantes!

Mi abuelo alza la cabeza bruscamente.

—¿Vas a representar *Nuestra ciudad*? ¡Esa obra es un rollo macabeo!

Tiene razón. Yo ya la he visto y nunca pasa nada. Básicamente, trata de dos personas que viven en una ciudad que se llama Grover's Corners. A mi madre le gusta representarla porque tiene un elenco muy grande, de manera que pueden participar muchos chicos.

Ahora se lanza a echarle un sermón a mi abuelo como si fuera uno de sus alumnos.

—Perdona, pero *Nuestra ciudad* es posiblemente una de las mejores obras sobre la totalidad de la experiencia humana.

—Lástima que sea tan aburrida —le espeta mi abuelo.

—No sabes lo que dices. Es una obra fantástica. Una seña de identidad de la dramaturgia americana. Lo que pasa es que tú no tienes ningún gusto para el teatro.

Mi abuelo bosteza con ganas.

En ese momento suena el teléfono y me levanto de un brinco para contestar.

—*Bonjour* —saluda mi padre, muy animado.

Me llevo el teléfono al pasillo.

—¡Ey, papá! ¿Qué tal?

—Cansado de perseguir a Jean Valjean cada noche. Pero no me quejo.

Está de gira con una producción de *Los Miserables*, haciendo el papel de Javert. Lleva por ahí desde agosto. La obra le supone una gran oportunidad, pero sin él aquí nada es lo mismo. Mi padre se quedó conmigo en casa cuando yo era pequeña, para que mi madre pudiera sacarse el título de profesora. Siempre dice que intentar entretener constantemente a una niña pequeña ha sido la mejor experiencia como actor que ha tenido en su vida.

—¿Dónde estás? —le pregunto.

—En Iowa City.

—¿Hay piscina en el hotel?

—Sí. Cubierta.

—El váter se ha vuelto a atascar.

Mi padre lanza un gruñido.

—Ya le daré un vistazo cuando pase por ahí.

—Aunque no vive aquí, siempre se encarga de las cosas de la casa.

—Te echo de menos —digo.

—Yo también te echo de menos —me contesta.

Mi abuelo dice algo en voz muy alta y mi madre le replica a gritos. Sus voces llegan hasta el pasillo.

—Parece que tenéis compañía —comenta mi padre.

—El abuelo ha venido a cenar.

—No me lo digas: comida china —adivina en tono seco.

—¿Cómo lo sabes?

Él resopla al teléfono.

—Ese viejo nunca cambiará.

Miro a mi abuelo en la cocina. Está tirado en la silla; el pelo largo le roza los hombros y la camisa cuelga sobre su cuerpo flaco.

—Pues no sé qué decirte.

8

Lo posible

Tengo ciencias a primera hora. Mi profesor es el señor Ham, que significa «jamón», y todos los niños se burlan de él a sus espaldas haciendo gruñidos de cerdo. Pero a mí me cae bien. Es gracioso y lleva corbatas divertidas con estampados de langostas, magdalenas y cosas así.

Esta mañana casi llego tarde a clase. Mi abuelo se ha negado a salir de casa hasta terminar de imprimir no sé qué de internet. Ni siquiera me ha dado tiempo a ir a mi taquilla a por el libro de ciencias.

Por supuesto, lo primero que dice el señor Ham es:

—Por favor, abrid los libros por la página treinta.

Lanzo un gruñido.

—Puedes compartir el mío —susurra Momo, y desliza su libro entre las dos.

—Gracias —murmuro.

En el almuerzo de hoy hay «sloppy joes», que son una especie de bocadillos de carne picada. Nadie sabe muy bien qué llevan dentro, pero todos estamos de acuerdo en que son asquerosos.

Salgo de la cola, busco con la mirada a Brianna y oigo que alguien grita mi nombre.

—¡Ellie! ¡Aquí! —Desde una mesa, mi abuelo me hace gestos con la mano como un loco—. ¡Te he guardado sitio!

Hoy lleva otro atuendo interesante: camisa blanca con corbata azul claro, pantalones kaki de poliéster y, por supuesto, calcetines negros de ejecutivo. Lo más extravagante de su atavío es la goma de la coleta: una de las mías, de color rosa fosforito. Y la cuestión es que, en cierto modo, le queda bien.

Da unos golpecitos a una pila de papeles que tiene delante.

—¡Ese tal Raj se va a enterar!

Así le llama siempre: «ese tal Raj».

—¿Eso era lo que estabas imprimiendo esta mañana? ¿Qué es, por cierto?

—Mis artículos.

—¿Tus artículos?

—Ya te dije que tengo muchas cosas publicadas. Soy muy conocido. Tengo un club de fans virtual en Finlandia, ¿sabes?

—¿Eres famoso?

Sus hombros se hunden un poquito.

—Sólo tiene doscientos treinta y un miembros —admite—. Pero de todas formas, se van a volver locos cuando anuncie mi éxito con la *T. melvinus*. ¡Voy a ser el próximo Jonas Salk!

Es como si hablara de algún pariente al que supuestamente debería conocer, pero al que nunca he visto.

—¿Quién es Jonas Salk? —pregunto.

Mi abuelo niega con la cabeza.

—Pero ¿tú estás aprendiendo algo en este sitio? —Mira entonces más allá de mí—. Si este país empleara tanto tiempo en la educación científica como el que pasa vitoreando a cualquier idiota con una pelota, sabrías quién es Jonas Salk.

Me vuelvo para ver qué mira y siento una punzada de dolor. Al fondo del patio, un grupo de chicas se están pasando una pelota de voleibol. Brianna está con ellas. Bota la pelota con todas sus fuerzas y las otras se parten de risa. Hago un esfuerzo para apartar la vista.

—Háblame de Salk —le pido a mi abuelo.

—Jonas Salk desarrolló la vacuna de la polio.

Casi me da miedo preguntar, pero pregunto de todas formas:

—¿Qué es la polio?

—¡La polio es una enfermedad terrible! Dejaba a los niños tullidos. Los mataba. Salk y su equipo de científicos desarrollaron una vacuna para prevenirla. Incluso la probó con él mismo.

—¿Con él mismo? —Eso me parecía cosa de chiflados, en plan doctor Jekyll y Mr. Hyde—. ¿Es que era un científico loco o algo así?

Mi abuelo se incorpora y me mira con dureza.

—Todos los científicos están un poco locos, Ellie.

Por un momento creo que está de broma, hasta que me doy cuenta de que habla en serio.

—La gente corriente suele rendirse ante los obstáculos con los que se topa en el día a día. Los científicos fracasamos una vez y otra y otra. En ocasiones durante toda nuestra vida. Pero no nos damos por vencidos, porque queremos resolver el puzle.

—A mí me gustan los puzles.

—Sí, pero ¿alguna vez has intentado hacer un puzle y al final lo has dejado porque era demasiado difícil?

Asiento con la cabeza.

—Pues un científico nunca se rinde. Sigue intentándolo porque cree en lo posible.

—¿En lo posible?

—En que es posible encontrar una cura para la polio. En que es posible secuenciar el genoma humano. En que es posible encontrar una manera de revertir la vejez. En que la ciencia puede cambiar el mundo.

Y entonces lo entiendo.

Una palmera oscila con la brisa, sus hojas marrones caen. Algo se mueve en mi interior, como la pieza de un puzle que de pronto encaja en su sitio.

Miro a mi abuelo.

—Creo que sé adónde va Raj después de clase.

9

Fruta

Raj está esperando en el arcén. Tiene la vista fija en los coches que pasan arriba y abajo de la calle.

Mi abuelo se acerca a grandes zancadas, al tiempo que rebusca en su mochila. Es mi antigua mochila de la escuela elemental, con un estampado de cometas. Me pareció que no era muy adecuada para él, pero me contestó que la mochila estaba perfecta y que no le importaba lo que pensara la gente.

—¡Eh, tú! —le grita ahora a Raj.

Éste se vuelve y se queda mirándonos. Sus ojos se posan en mí un instante antes de volver a mi abuelo, que saca los papeles y se los pone bruscamente en las manos.

—Lee y aprende —le suelta.

Raj les echa un vistazo. Luego alza la mirada.

—La mayoría se publicaron hace más de treinta años.

Mi abuelo se queda tan pasmado que por un momento no dice nada, aunque finalmente replica:

—Einstein también publicó hace mucho tiempo. ¿Lo vas a ningunear también a él?

—Estás haciendo un poco el ridículo —responde Raj.

Un utilitario para en el arcén, con un adolescente al volante. Tiene los mismos ojos oscuros de Raj, pero parece unos años mayor. Raj encaja su cuerpo larguirucho en el asiento delantero.

—Conque hago el ridículo, ¿eh? —dice mi abuelo—. Tú qué sabrás. No eres más que un niño.

Raj se asoma por la ventana abierta y mira un momento a mi abuelo.

—Pues no sé. Tú también eres un niño. —Hace una pausa—. ¿Qué sabrás tú?

Cuando llegamos a casa, mi abuelo se va directo a la cocina.

—Me muero de hambre.

—Voy a calentar unos burritos —le digo. Probablemente no exista una combinación más perfecta que arroz, frijoles refritos y queso.

Él se prepara una taza de té para acompañar el burrito. Vierte el agua humeante en la taza con precisión, añade dos cucharadas perfectas de azúcar y remueve metódicamente, como si estuviera preparando una fórmula. Me hace pensar en la conversación del científico loco.

—Me ha gustado lo que me has contado en el almuerzo —le confieso—. Sobre la ciencia. Pero ¿cómo se empieza?

Levanta la vista de su té.

—¿Qué quieres decir?

—Con los puzles, yo siempre empiezo con una pieza de bordes rectos. Si quieres curar la polio o lo que sea, ¿por dónde se empieza?

—Pues con los ojos, por supuesto.

—¿Cómo con los ojos?

Mira el frutero que está sobre la encimera.

—Por ejemplo, ese frutero. ¿Qué es lo que ves?

Es un maltrecho cuenco de madera. Contiene unas cuantas manzanas, un plátano, algunas peras y un mango. Estoy bastante segura de que el mango estaría de oferta, porque si no, mi madre no suele comprarlos.

—¿Un frutero?

—¿La fruta está viva o muerta? —me pregunta.

Lo miro con mayor atención. Las manzanas son rojas y brillantes, y el plátano no tiene manchas.

—Viva.

Coge una manzana y le da vueltas.

—¿Ah, sí? ¿Está unida a unas raíces? ¿Está ingiriendo nutrientes? ¿Agua? Ésos son signos de vida.

—Supongo que no —respondo.

Mueve la manzana.

—En realidad, empieza a morir en el momento en que se recoge.

Luego se acerca a la encimera y, con un cuchillo de la tabla, corta la manzana y deja al descubierto una nítida hilera de semillas marrones.

—A ver —dice, tocándolas con la punta del cuchillo—, ¿y esto?

—¿Muerto? —aventuro.

—En este caso es más complicado. Están latentes, esperando. Si las pones en tierra, les echas agua y les da el sol, crecerán. En cierto modo, son inmortales. Y siempre han estado dentro de la manzana.

Estoy bastante sorprendida.

—Yo creía que en la ciencia todo eran experimentos y laboratorios —admito.

Mi abuelo niega con la cabeza.

—La herramienta más poderosa que tiene un científico es la observación. Galileo, el padre de la ciencia moderna, observó que Júpiter tenía lunas orbitando a su alrededor, lo que demostraba que la Tierra no era el centro de todo. Sus observaciones obligaron a la gente a pensar de otra manera sobre su lugar en el universo. —Entonces mira a su alrededor y añade—: Pero ahora que lo mencionas, voy a necesitar un laboratorio.

—¿Para qué?

—Para analizar la *T. melvinus*, cuando la recuperemos, claro —me contesta como si fuera algo obvio—. Necesito repetir mis resultados si quiero publicarlos.

Reflexiono un momento. Nuestra casa no es precisamente grande.

—¿Qué hay del garaje? —le sugiero.

Salimos al garaje y mi abuelo le da un lento repaso. La mitad está despejada para el coche de mi madre, pero la otra mitad está abarrotada de cajas de utilería de sus obras de teatro que se han ido acumulando a lo largo de los años. Hay también un antiguo banco de trabajo que era de mi padre, nuestras bicicletas y un congelador. A mi madre le gusta hacer acopio de comida congelada antes de ponerse con una nueva producción.

Mi abuelo acaricia su inexistente barba.

—Electricidad. Luz decente. No está climatizado, pero podría ser peor. Por lo menos no estoy en el desierto, como Oppenheimer.

Me lo quedo mirando.

—Robert Oppenheimer. ¿Segunda Guerra Mundial? —dice.

—En historia todavía no hemos llegado a eso —me defiendo—. Aún estamos en la antigua Grecia.

—Robert Oppenheimer fue un físico brillante. Dirigía el Proyecto Manhattan, que desarrolló la bomba atómica. Oppenheimer probó la bomba atómica en mitad de un desierto de Nuevo México.

—¡Hala! —exclamo.

Mi abuelo mira a su alrededor.

—Bueno, no dejes para mañana lo que puedas hacer hoy. Vamos a organizar esto.

Quiere montar el laboratorio en torno a los enchufes principales, lo que significa que hay que quitar de en medio las cajas de utilería. Tardamos casi dos horas en moverlo todo. Hay una caja de lámparas de mesa, que él dispone en torno al banco de trabajo.

De pronto se abre la puerta del garaje y aparece el coche de mi madre. Pero no puede entrar porque están todas las cajas en medio. Apaga el motor y se acerca andando.

—¿Qué estáis haciendo?

—Estamos montando un laboratorio —anuncio.

—¿Aquí, en el garaje?

—Para poder continuar con mi investigación —explica mi abuelo.

—¿Y dónde se supone que voy a aparcar el coche?

—¿Fuera? —sugiero.

—Ni hablar.

Mi abuelo se la queda mirando.

—Estás impidiendo un avance científico.

—Estoy impidiendo que los pájaros se caguen en mi coche.

Pasamos el resto de la tarde dejándolo todo como estaba.

10

Salk y Oppenheimer

Se supone que tengo que hacer un trabajo sobre un personaje histórico famoso. Pero en lugar de elegir entre los sospechosos habituales (William Shakespeare, Thomas Jefferson, Harriet Tubman) busco con el ordenador los nombres de los que tanto habla mi abuelo: Galileo, Jonas Salk, Robert Oppenheimer.

La imagen de Galileo es un óleo antiguo, algo que podría estar colgado en el Museo de Young de San Francisco. Va vestido como si estuviera en una obra de teatro de Shakespeare y no parece una persona real.

Salk y Oppenheimer me gustan más. Salk tiene exactamente la pinta que uno se imagina en un científico: gafas, bata blanca de laboratorio, unos tubos de ensayo en la mano. Muy friki en general.

Oppenheimer es más sorprendente: es guapo y tiene unos ojos penetrantes. Mira directamente a la cámara como si fuera un actor de Hollywood. En una fotografía lleva sombrero y un cigarrillo colgado de los labios. Casi me imagino a mi padre interpretando su papel en una película. Además, Oppenheimer tiene relación con el Área de la Bahía, porque enseñó en la Universidad de California, en Berkeley. Mi madre siempre está poniendo por las nubes las clases de teatro que dan allí.

No puedo evitar advertir la similitud entre los dos científicos: ambos estuvieron involucrados en guerras en las que el papel de la ciencia resultó fundamental: Jonas Salk y la guerra contra la polio; Robert Oppenheimer y la Segunda Guerra Mundial. Salk encontró una vacuna contra el virus de la polio, enfermedad infecciosa y muy contagiosa que causaba parálisis e incluso la muerte entre los niños menores de cinco años, y Oppenheimer ayudó a crear las bombas que se lanzaron sobre Japón y pusieron fin a la guerra.

La historia de Oppenheimer, sobre todo, parece una película de Hollywood, con la carrera contra los alemanes por ver quién conseguía antes la bomba. Y luego está la fotografía de una de las bombas explotando con una enorme nube en forma de hongo. Hay una cita de Oppenheimer, de su reacción ante el éxito de la prueba de la bomba atómica:

«Sabíamos que el mundo había cambiado para siempre. Unos cuantos se rieron, unos cuantos lloraron. La mayoría guardó silencio.»

Entiendo cómo se sentía. Como cuando mi abuelo entró por la puerta de casa convertido en un adolescente. La ciencia ficción haciéndose realidad. Mi madre cuenta que de niña ni siquiera se podría haber imaginado un teléfono móvil, y ahora todo el mundo tiene uno. Menos yo, por supuesto. Mis padres dicen que soy demasiado pequeña.

Mi abuelo entra en mi habitación sin llamar y se queda de piedra al ver las huellas de manos.

—Cielo santo, ¿qué les ha pasado a estas paredes?

—Nada, las manos están ahí a propósito —le explico.

—¿Eso es un estilo? ¿Qué ha sido del bonito papel pintado?

Se señala la cara, que está en plena ebullición: tiene granos en la frente y uno enorme y rojo en la barbilla.

—¿Tienes alguna crema para el acné?

—En el baño.

Mi abuelo me sigue.

—No me puedo creer que a mis setenta y seis años tenga que lidiar de nuevo con las espinillas —refunfuña.

Rebusco en un cajón, saco un tubo y se lo ofrezco. Él se unta crema en los granos.

—A lo mejor lo siguiente que descubro es la cura contra el acné.

Volvimos a pedir comida china para cenar. Mi madre prefería sushi, pero mi abuelo dijo que la persona con más títulos universitarios debería tener derecho a elegir. Y como tiene dos doctorados, ganó él.

Mientras comíamos, me puse a observar a mi abuelo y a mi madre como si fuera una científica, una Ellie versión Galileo. En primer lugar, ya ha cambiado la disposición en la que nos sentamos. Cuando estamos solas, mi madre y yo nos ponemos una al lado de la otra. Pero ahora mi abuelo se sienta a la cabecera de la barra, como si fuera el rey. Luego está el modo en que se hablan el uno al otro, o más bien en que no se hablan. Mi abuelo bombardea a mi madre con preguntas que está claro que a ella le molestan: ¿Todavía guarda su expediente universitario? ¿Le gustaría que le presentara a un amigo suyo del departamento de Biología de Stanford para hablar de esa carrera? ¿Quiere que la ayude con su solicitud de matrícula?

Ella contesta a alguna de esas preguntas, pero al cabo de un rato deja de hacerlo y se queda mirando el plato, como haría una adolescente. Y de pronto me doy cuenta de una cosa: a pesar de que mi madre es una adulta con su propia vida, mi abuelo la sigue tratando como a una niña.

Cuando terminamos de cenar, reparto las galletas de la fortuna. Mi abuelo no parece muy contento cuando lee la suya.

—¿Qué pone? —quiero saber.

—«Vas a estrenar ropa.»

—No es mala idea, papá. Podríamos comprarte ropa un poco más a la moda, que parece que sólo vayas a tiendas de viejos. Puedo llevarte al centro comercial —le ofrece mi madre.

—Mi ropa no tiene nada de malo. ¡Es nueva! La compré hace unas semanas, después de volverme joven. —Me mira y me dice—: No tuve más remedio, porque había encogido. —Luego se vuelve de nuevo hacia mi madre—: Pero ahora que lo mencionas, necesito que me prestes el coche, Melissa.

Mi madre se atraganta.

—¿Que te preste el coche? Pensaba que ya no conducías.

Él la mira.

—Las cosas han cambiado. Y tengo que hacer un recado.

—Ya. Pues no puedes coger mi coche —dice ella despacio—. No eres lo bastante mayor.

Él se yergue en toda su altura.

—Desde luego que lo soy. ¿Quieres ver mi carnet de conducir?

—Papá —contesta ella en tono apaciguador—, ¿qué pasa si te para la policía? No eres exactamente como el de la foto del carnet.

Tiene razón. Con los granos y el pelo largo recogido con mi goma, apenas parece tener edad suficiente como para entrar en una película de mayores de trece años.

—No me van a parar.

—¡No he olvidado cómo conduces! Siempre intentas adelantar por el carril derecho —gime ella.

—Así tengo mejor giro. Física pura y dura.

—Acabarás teniendo un accidente.

La expresión de mi abuelo se endurece.

—¿Un accidente? ¿Quieres que hablemos de accidentes? ¿Quién fue la que destrozó el Volkswagen? ¿Quién lo estampó contra un árbol?

—No... no fue culpa mía —balbuce mi madre—. Estaba lloviendo. La carretera estaba resbaladiza. Era de noche...

—Acababa de terminar de pagar ese coche. —Se miran el uno al otro como toros en un ruedo—. Tengo que coger el coche —insiste.

Pero mi madre se niega.

—¿Tienes idea de la de veces que le dejé yo mi coche? —protesta mi abuelo en el autobús, camino del instituto. Está furioso.

—¿Por qué no le pides que te lleve ella? —sugiero.

—No me va a llevar al laboratorio. El gorila ese de seguridad le dijo que presentaría cargos si volvía a verme por allí.

—Ah. —La verdad es que entiendo su postura.

Pero en el autobús de vuelta, su humor ha cambiado por completo. Parece casi contento; ilusionado, incluso. Cuando llegamos a nuestra parada, no se levanta.

—Venga, que nos bajamos aquí —le digo.

Él sigue sin moverse.

—Hoy vamos a bajar en otra parada.

—¿Ah, sí? ¿Dónde?

—En mi laboratorio —contesta con ojos chispeantes.

11

El edificio veinticuatro

Cojo el autobús para ir al instituto cada día, pero esta vez es totalmente distinto, como una aventura.

Mi abuelo mira por la ventana. Lleva el pelo recogido con otra de mis gomas, una de color púrpura.

—A tu abuela le encantaba ir en autobús —murmura.

—¿Sí?

—Sí. Su sueño era que hiciéramos un viaje en autobús por el país, parando en pueblecitos, visitando todas las trampas para turistas...

—¿Y lo hicisteis?

Niega con la cabeza y una expresión hosca y dolida le cruza la cara.

—No. Siempre estaba muy liado con el trabajo.

Mi abuela murió cuando yo tenía tres años. Sólo recuerdo muy vagamente que me encontré a mi madre llorando en el cuarto de baño.

—¿La echas de menos? —pregunto.

Parpadea deprisa.

—Echo de menos todo lo que tiene que ver con ella. Echo de menos su voz, nuestra vida juntos. —Traga saliva—. Echo de menos verla caminar con sus zapatillas.

—¿Zapatillas?

Vuelve a negar con la cabeza, como perplejo.

—No le interesaban las joyas ni los perfumes ni nada de eso. Lo que de verdad le gustaba eran unas buenas zapatillas de estar por casa. De esas que son peludas por dentro. Yo le regalaba unas nuevas todos los años por nuestro aniversario. Qué tontería, si lo piensas bien.

Pero a mí no me parece una tontería. Me parece que eso es amor.

Tenemos que cambiar de autobús cuatro veces. El último nos deja en una zona comercial llena de concesionarios. Mi abuelo me lleva por una calle lateral hasta un grupo de edificios idénticos —ladrillo marrón y ventanas oscuras—, y todos tienen números en los lados. Cuando llegamos al número veinticuatro, se detiene.

—¡Aquí está!

—¿Sí? —La verdad es que me esperaba algo más vistoso, de cristal y metal. Esto parece de lo más normal y corriente.

Pero mi abuelo parece casi aliviado al verlo, como si fuera un buen amigo.

—El viejo número veinticuatro —dice.

Me tiende una tarjeta de plástico enganchada a una cinta.

—¿Esto para qué es? —pregunto.

—Para entrar. Es mi tarjeta de acceso. —Hace un gesto hacia el edificio—. El guardia de seguridad me reconocería. Tienes que ir tú. Te he dibujado un plano. La *T. melvinus* está en el congelador de mi laboratorio.

Estoy un poco nerviosa.

—¿Y si me ve el vigilante?

—Ya lo tengo todo pensado —contesta—. Tú dile que tu padre trabaja aquí. De una niña tan dulce como tú no va a sospechar nada.

Deslizo la tarjeta y entro por una puerta lateral sin que nadie me vea. Enfilo el pasillo como si tuviera todo el derecho a estar allí, siempre pendiente de los números de las puertas de los despachos. Ya casi he llegado al laboratorio de mi abuelo cuando una voz me frena en seco.

—¡Eh, niña! ¿Adónde crees que vas?

Me doy la vuelta despacio y me encuentro con el guardia de seguridad, un hombre de mediana edad, con una taza de café en la mano. Tiene un walkie-talkie en el cinturón y una expresión suspicaz en la cara.

—Te he hecho una pregunta.

Recurro a la historia acordada:

—Mi padre trabaja aquí.

Sus hombros se relajan.

—Ah. Vale.

63

Esbozo una sonrisita y echo a andar de nuevo. Siento un alivio enorme, como cuando apruebas un examen para el que no habías estudiado.

—¡Eh, niña! —me llama de nuevo.

Me vuelvo hacia él.

—¿Cómo se llama tu padre?

Dudo demasiado.

Y entonces él entorna los ojos y niega con la cabeza.

—El otro día ya pillamos por aquí a otro chico chiflado de los vuestros. Vamos a mi despacho.

Y en la fracción de segundo antes de que me atrape, veo mi futuro: en la parte trasera de un coche patrulla.

Y echo a correr.

—¡Alto! —me grita.

Salgo disparada del edificio hacia los matorrales donde me espera mi abuelo, que al ver el panorama también sale corriendo.

Nos escondemos en un pequeño bar de tacos hasta que estamos seguros de que no hay moros en la costa. Luego cogemos el autobús para volver a casa.

—Estoy orgulloso de ti —me dice.

—Pero si no lo he conseguido.

Menea la cabeza.

—Los científicos fracasan constantemente. Lo has intentado, que es lo que cuenta. Hay que insistir, igual que Marie Curie.

Parece un cumplido.

—¿Qué hizo Marie Curie?

—Ganó el Premio Nobel por su trabajo con la radiación.

—¿Tú crees que ganaré alguna vez un Nobel?

—Pues claro que sí —me responde sin dudarlo un instante.

Y le creo.

12

Pasas con chocolate

Es sábado por la noche y mi madre ha quedado con Ben. Nos van a dejar a mi abuelo y a mí en el cine, luego se irán a cenar y a la vuelta nos recogerán.

La miro mientras se arregla. Ahora lleva el pelo azul. Se lo tiñó hace unos días, y cuando mi abuelo la vio, meneó la cabeza y le preguntó si iba a trabajar en el circo.

—¿Qué tal estoy? —me pregunta mi madre.

Exhibe su modelo: una falda púrpura, un top de lentejuelas plateado, un cinturón ancho de vinilo negro y unas botas altas de piel sintética. A veces es duro tener una madre más moderna que tú.

—¡Genial!

En ese momento se oye el timbre de la puerta y ella dice lo de siempre:

—Dile a Ben que bajo enseguida.

Ben está en el porche, con un ramo de claveles. Aunque mi madre y él hace mucho que dejaron atrás la etapa de las flores, le trae un ramo cada vez que quedan para salir. A mí me parece muy tierno.

—¿Qué tal va eso? —pregunta, como hace siempre.

Mi madre dice que lo que más le gusta de Ben es que con él nunca hay ningún drama, lo cual tiene gracia viniendo de una profesora de teatro. A mí me gusta que no intente hacerme de padre. Ben es sencillamente Ben.

—Todavía se está arreglando. Bajará en un momento. —Aunque los dos sabemos que seguramente tardará un buen rato.

Ben entrecierra los ojos y dice medio en broma:

—Esperaría a tu madre toda una vida.

Ya le ha pedido dos veces que se case con él y las dos veces ella le ha contestado que no estaba preparada. Una vez la oí confesarle a Bernadette que tenía miedo de volver a equivocarse.

Mi abuelo sale al recibidor y clava en Ben una mirada gélida. Además de sus habituales pantalones de poliéster y una camisa abotonada hasta el cuello, lleva una corbata roja. Según me contó, siempre se arregla para ir al cine.

—Tú debes de ser el primo de Ellie. Melvin, ¿no? Yo soy Ben.

Mi abuelo no contesta. Se limita a mirarlo con hostilidad.

Ben señala con la cabeza la corbata de mi abuelo:

—Así que eres de los que llevan corbata, ¿eh? Una cosa muy clásica.

«Clásico» es sin lugar a dudas un buen término para definir a mi abuelo.

Entonces llega mi madre.

—Estás preciosa, Lissa.

Ella se señala el top.

—¿No llevo demasiado brillo?

Ben sonríe.

—Es perfecto.

—Necesitas un chal —interviene mi abuelo.

—¿Qué?

—Enseñas mucha carne —insiste él—. Vas como iría una adolescente. Necesitas un chal.

Mi madre abre la boca y vuelve a cerrarla, furiosa.

Cuando termina la película, mi abuelo y yo esperamos fuera a que vengan a buscarnos, contemplando el habitual desfile nocturno: chicas cogidas del brazo de sus parejas, que fingen no hacerles caso, mientras otros chicos pasan zumbando con sus monopatines.

—Idiota —comenta mi abuelo cuando uno de ellos ejecuta un *flip* perfecto—. Una mala caída y tendrán que ponerle una prótesis de rodilla.

Sacude su caja de Raisinets. Ya se ha zampado una bolsa de palomitas, otra de gominolas, unos nachos, un refresco y un batido.

—Ya no son tan buenas como antes —se queja.

—Sólo son pasas recubiertas de chocolate —digo yo—. ¿Cómo pueden saber distinto?

—Pues antes eran mejores. Como tantas cosas.

—¿Qué cosas?

—Como las películas, por ejemplo. Ésta era una basura. En mis tiempos hacían películas de calidad.

Era una película de animación y a mí tampoco me ha gustado mucho. Yo en realidad quería ver una japonesa de terror, pero no quedaban entradas.

Me gustan las películas de miedo, y en cambio no soy muy fan de los cuentos de hadas. Sobre todo porque siempre me pregunto qué pasa después de que fueran felices y comieran perdices. Como en *Los tres cerditos*. ¿Qué pasó después de que el tercer cerdito cocinara al lobo en la cazuela? ¿Celebró un funeral y avisó a los amigos del lobo? O con Cenicienta, que sí, vale, se casó con el príncipe, pero ¿qué fue de las hermanastras? Seguían siendo su familia. ¿Tenía que comer con ellas en Navidad? Menudo ambientazo.

—Parece que este año Halloween ha llegado con antelación —comenta mi abuelo, señalando a un grupo de chicos góticos que hacen cola. Busco a Raj con la mirada, pero no está entre ellos.

Pasa una ancianita de aspecto dulce que empuja una silla de ruedas con un hombre tan viejo como ella. Está muy encorvado y sostiene un bastón. Lleva unos pantalones oscuros de poliéster, una camisa, un blazer azul marino y unos mocasines con calcetines oscuros.

Viste exactamente igual que mi abuelo.

—¿Ves eso, Ellie? La vejez es una enfermedad terrible. Pierdes las cosas con las que siempre has contado. La vista, el oído, la capacidad de caminar. Y hasta la de ir al baño.

—¿Eh?

Me mira como quien sabe de lo que habla.

—Todo se desmorona cuando envejeces. Créeme, no quieras saber la de veces que tenía que levantarme por la noche para ir a hacer pis.

Asiento con la cabeza. No quiero saber tantos detalles, la verdad.

—Pero eso no es lo peor. Te encierran en asilos e instituciones para inválidos sólo por ser viejo.

Más o menos como el instituto por ser joven.

—¿Y luego sabes qué pasa? —Aquí hace una pausa dramática—. ¡Que todos los que te rodean empiezan a morirse! ¡Infartos! ¡Derrames cerebrales! ¡Cáncer! ¡Personas a las que has conocido toda la vida desaparecen sin más! ¡Gente a la que quieres! ¿Te puedes imaginar lo doloroso que es eso?

Pienso en Brianna.

Uno de los chicos lanza su tabla por los aires de una patada y se oye un coro de risas.

—Antes que ser viejo prefiero morirme —declara mi abuelo.

Y estruja la caja de Raisinets.

—Sigo teniendo hambre —añade.

13

El Anj

Las cosas han cambiado un poco ahora que mi abuelo vive con nosotras. El sofá cama del cuarto de estar está permanentemente desplegado y nuestras viejas estanterías se han vaciado y se han convertido en un vestidor abierto. En la habitación se nota un olor fuerte, como a calcetines y vestuario de gimnasio. Mi madre echa ambientador cuando él no se da cuenta.

Mi abuelo tiene unas cuantas manías. Siempre está listo para ir a cualquier sitio más de media hora antes de tiempo. Se toma un té caliente todos los días porque es «bueno para la digestión». Y está obsesionado con el tema de la basura.

—Deberías sacar la basura por la noche —le dice a mi madre.

—Me gusta sacarla por la mañana —replica ella.

—¿Y si se te olvida?

Mi madre rechina los dientes.

—No se me olvida.

—Se te podría olvidar —insiste él—, y acabarías con dos semanas de basura en tu contenedor. Y entonces sí que tendrías un problema.

Con mi abuelo no hace falta intentar averiguar qué es lo que quiere decir realmente, como hay que hacer a veces con las niñas. Él es de lo más directo. Y siempre hace lo que dice que va a hacer. De manera que el día que no aparece al terminar las clases, me empiezo a poner nerviosa.

Estoy esperándolo en nuestro punto de encuentro habitual: el poste de la bandera que hay delante del instituto. La riada de niños se va convirtiendo en un goteo, pero mi abuelo sigue sin dar señales de vida. Sé que no me dejaría ahí plantada sin más. Y entonces me acuerdo de cuando Nicole comentaba que los viejos se pierden por ahí. Y aunque mi abuelo tiene el cuerpo de un adolescente, su cerebro sigue siendo el de una persona de setenta y seis años.

Voy a echar un vistazo a su taquilla y al aula en la que ha tenido la última clase del día, pero nada. Ahora ya me estoy preocupando de verdad, de manera que me acerco a uno de los servicios de chicos y grito desde la puerta:

—¿Melvin?

Sale Raj.

—Creo que te equivocas de puerta —me dice alegremente.

—¿Está ahí Melvin?

—Eh... ¿Quieres que vaya a mirar?

—¿Me harías el favor?

Vuelve al cabo de un momento, negando con la cabeza.

—No. Melvin no está.

—¿Dónde andará? —pregunto ya casi presa del pánico.

—Te ayudaré a buscarlo —se ofrece Raj—. Seguro que anda por aquí.

Mira en todos los servicios de chicos y en los vestuarios, pero mi abuelo no aparece por ninguna parte.

Sólo cuando pasamos por delante de mi taquilla, veo una nota pegada al metal.

Estoy castigado.
Melvin

Raj se ofrece a esperar conmigo. Nos sentamos en un banco fuera del aula de castigo. Es divertido hablar con él.

—Tu primo es un poco raro —me comenta.

Lo miro.

—Quiero decir, como viste y todo eso... Esos pantalones de poliéster... Me recuerda mucho a mi abuelo.

Si supiera.

—Eh... sí. Ése es su estilo personal, supongo —contesto.

—Ya.

Raj lleva un pendiente en la oreja derecha. Parece un jeroglífico.

—Eso es egipcio, ¿no?

—Es un Anj. El símbolo egipcio de la vida —me explica.

—Qué chulo. A ti te gusta el rollo del antiguo Egipto y eso, ¿no?

—Más o menos. ¿Sabes que dejaban dentro el corazón?

—¿Cómo?

—Cuando momificaban a alguien, sacaban todos los órganos pero dejaban el corazón.

—¿Y eso por qué?

Su mirada es muy seria.

—Creían que el corazón era el órgano del pensamiento.

La puerta del aula se abre de golpe y sale una marea de niños. Mi abuelo se abalanza hacia nosotros, con la cara colorada y el pelo ondeando en todas direcciones.

—¿Qué ha pasado?

—Que he utilizado las instalaciones —contesta.

No entiendo nada.

—¿Las instalaciones?

—El lavabo —responde brusco—. ¡He ido al servicio durante la clase sin tener autorización! Por lo visto es un crimen de Estado.

Un grupo de niños que estaban castigados junto con mi abuelo pretenden chocarle los cinco al pasar.

Uno se echa a reír y dice:

—¡A la lucha por el poder, hermano!

Mi abuelo lo fulmina con la mirada.

—Es que para ir al lavabo durante una clase han de darte permiso —le explico.

—Por cierto, la profesora que me ha castigado no debería estar dando clases de historia. Tiene veintidós años como mucho. —Niega con la cabeza con disgusto—. ¿Qué sabrá ella de nada?

—La próxima vez podrías pedir el pase y ya está —sugiere Raj.

—Prefiero mantener mi dignidad —responde mi abuelo.

Y al verlo alejarse, con el pelo al viento, pienso que mi madre no tenía razón:

Sí tiene talento para el teatro.

14

Queso

Mi madre llega a casa temprano del instituto. Entra por la puerta, cargada con dos grandes bolsas de la compra.

—Los ensayos van muy bien, así que les he dado a todos el día libre. Pensaba preparar yo la cena —anuncia con entusiasmo. Y añade—: Últimamente te tengo un poco abandonada, Ellie.

Se pasa el resto de la tarde en la cocina. Cuando entramos allí para cenar, parece como si hubiera pasado un tornado: en el fregadero se apilan cuencos sucios y tazas para medir, y la encimera está cubierta de harina. Ha debido de utilizar hasta el último cacharro de la casa.

—¡La cena está lista! —anuncia, y con un gesto ostentoso nos coloca delante los platos.

En medio de cada plato hay una especie de cosa pastosa, empanada y frita, junto a unos espárragos chamuscados.

Mi abuelo y yo probamos un poco.

—¿Y bien? —pregunta mi madre—. ¿Qué os parece?

Es blando, con una textura rara y demasiada pimienta.

Mi abuelo hace una mueca.

—¿Esto qué se supone que es?

—Berenjena frita —responde ella.

La réplica es categórica:

—No. No me gusta.

Mi madre me mira.

—¿Y a ti?

Niego con la cabeza.

Deja caer los hombros en un claro gesto de derrota.

Las berenjenas van directas a la basura y pedimos comida china.

Al día siguiente, mi abuelo y yo estamos en la cocina después de clase y él empieza a quejarse de las dotes culinarias de mi madre.

—Si hubiera prestado tanta atención a las clases de química como a esa tontería del teatro, sería una buena cocinera. —Exagera la palabra «teatro» de manera que suena como «teaaaatro».

—¿Química? ¿Qué tiene que ver la química con nada?

Mi abuelo me mira.

—La cocina es una ciencia.

—¿Sí? —A mí siempre me ha parecido una cosa muy artística.

—Es todo química básica. De hecho, la ciencia ha dejado sus huellas por toda la cocina.

Abre la nevera, saca un trozo de queso y lo mueve delante de mí.

—Louis Pasteur descubrió la manera de matar las bacterias en las bebidas: la pasteurización, es decir, calentarlas a altas temperaturas. ¡En su tiempo era prácticamente un milagro! Gracias a eso podemos beber leche y comer queso sin ponernos enfermos.

No tenía ni idea de que el queso fuera un milagro.

—A mí me gusta cocinar —le digo.

—Pues claro que sí. Es evidente. Has salido a mí.

A lo mejor sí que he salido a él.

Entonces da una palmada.

—Vamos a preparar la cena.

—¿Qué podemos hacer? —pregunto. La mayoría de mis recetas son más bien de desayuno.

Mira en la nevera y luego coge una caja grande de madera llena de recetas que hay en el alféizar de la ventana, encima del fregadero. La caja pertenecía a mi abuela. A veces, cuando mi madre tiene un mal día, saca las tarjetitas y se pone a leerlas. Dice que es porque le gusta ver la letra de su madre.

Mi abuelo repasa las recetas con ojo crítico hasta que elige una.

—Ah, sí. Esto nos quedará estupendo.

Miro la tarjeta. Está manchada, como si se hubiera utilizado mucho. Y escrito con una letra inclinada, sinuosa y perfecta, se lee:

Coq au vin (el favorito de Melvin)

—Y es francesa, como Louis Pasteur —añade mi abuelo.

—La única comida francesa que conozco son las patatas fritas —le confieso.

—Con la comida francesa se acierta siempre —me asegura—. Es la mejor cocina del mundo.

Nos acercamos a la encimera y empezamos a trabajar codo con codo. Es un cocinero ordenado: va limpiando sobre la marcha, igual que hago yo. Me enseña cómo hay que cortar las zanahorias, cómo se dora el pollo con el beicon, cómo se mezcla todo y luego se cuece a fuego lento con vino tinto. Empiezo a ver que sí, que la cocina es una especie de laboratorio: los cuencos de cristal, las cucharas medidoras, la llama del fogón, que es como un mechero Bunsen. Si lo piensas, hasta los delantales blancos de los cocineros se parecen a las batas blancas que llevan los científicos.

Pero en la cocina tal vez haya también algo de magia: un montón de ingredientes sencillos se convierten en algo reconfortante y en un recuerdo. Porque cuando mi madre entra por la puerta, olisquea con gesto expectante.

—Aquí huele de maravilla.

—¡Hemos preparado la cena! —anuncio.

Mi abuelo le tiende un plato.

—¿Esto es...? —comienza mi madre.

Mi abuelo termina la frase:

—El *coq au vin* de tu madre.

Ella prueba un bocado y su rostro se ilumina con una sonrisa.

—Sabe exactamente como lo recuerdo —murmura.

A mi abuelo le brillan los ojos.

—Sí —dice.

15

El ayudante de laboratorio

Mi abuelo está en el baño.

Le gusta llevarse siempre un libro y a veces se queda ahí dentro una hora. Mi madre ha empezado a llamarlo en broma «su oficina».

Cuando llaman a la puerta, voy yo a abrir. No sé a quién espero encontrarme, pero desde luego no a Raj.

—Qué hay, Ellie —saluda. Va vestido de negro, como siempre.

Sonrío levemente.

—Ah, hola.

Y ahí nos quedamos como pasmarotes.

Raj se balancea un poco sobre los pies.

—Bueno, ¿no me vas a invitar a entrar?

Me aparto.

—Ah, claro. ¡Pasa!

Entra en nuestro vestíbulo y mira hacia el pasillo.

—¿Está Melvin en casa?

Ahora sí que no entiendo nada.

—¿Has venido a ver a Melvin?

Antes de que pueda contestarme, se oye la cisterna y mi abuelo sale del cuarto de baño.

—Llegas tarde —le informa.

—Ey, doctor Sagarsky —dice Raj.

Me quedo de piedra.

—¿Se lo has contado? —le pregunto a mi abuelo.

—¿Por qué no? —Menea la mano en dirección al pendiente de Raj—. De todas formas, ¿quién va a creer a éste?

—A mí también me costó creérmelo —confiesa Raj—. Pero es alucinante lo que uno encuentra por internet.

Y tiende un papel. Es una impresión de un antiguo artículo periodístico, que dice: «Niño de Fresno gana la Feria de Ciencias de Central Valley.» Y al lado una foto de mi abuelo con el pie: «Melvin Sagarsky, quince años.» Y tiene exactamente el mismo aspecto que ahora, sólo que lleva el pelo casi rapado.

—Me parece que te queda mejor el pelo corto —comenta Raj.

—¿Sí? Tú prueba a pasarte treinta años calvo, verás lo pronto que te cortas el pelo cuando te vuelva a crecer.

—Por cierto, ¿sabes que tienes un club de fans en Finlandia?

Mi abuelo se pavonea.

—Ahora tienen hasta camisetas.

—Sí, ya lo he visto. Me compraré una cuando las saquen en negro.

—Vamos a trabajar —dice mi abuelo.

—¿A trabajar? —repito.

—Me ha contratado —me explica Raj.

Me vuelvo hacia mi abuelo.

—¿Le vas a pagar?

Ni se inmuta.

—Tengo un montón de dinero. Empieza a ahorrar desde ahora. Los intereses son algo fantástico.

—Pero ¿por qué a él?

—Tiene todas las cualificaciones que exijo en un ayudante de laboratorio.

—Ah. —La verdad es que, curiosamente, me siento herida en mis sentimientos. Creía que yo era su ayudante de laboratorio.

Raj sonríe con ironía.

—Lo que tengo es un hermano mayor con coche —me aclara.

Mi abuelo ha urdido un plan para entrar en el edificio veinticuatro, y parece sacado de una película de espías.

Vamos a ir por la noche, que es cuando hay menos gente: sólo unos cuantos ayudantes de laboratorio haciendo experimentos. Bueno, y el guardia de seguridad, claro. Pero esta vez mi abuelo lo tiene todo controlado. Raj llamará al timbre de la puerta principal en plan maniobra de distracción, y mientras el vigilante habla con él, mi abuelo entrará con su tarjeta por la puerta trasera y cogerá la *T. melvinus*. El hermano de Raj conducirá el coche en el que huiremos.

—Es un plan perfecto —asegura mi abuelo—. Y mucho más fácil que coger tantos autobuses.

Elige una noche en que mi madre tiene ensayos hasta tarde, de manera que no se enterará de nuestras actividades delictivas. Yo estoy en mi cuarto, mirando en internet fotos de bacterias bajo el microscopio. Quiero aprender más sobre todo ese tema del queso. Las bacterias poseen una extraña belleza. Algunas son cilíndricas, otras esféricas, algunas están como enroscadas. Y tienen unos nombres impresionantes: *Escherichia coli*, *Bacillus megaterium*, *Helicobacter pylori*. Hay hasta una bacteria con el nombre de Pasteur: la *Pasteurella multocida*. Pienso en mi abuelo y la medusa y siento un poco de envidia. A mí también me gustaría que le pusieran mi nombre a algo.

La puerta de mi habitación se abre de golpe y aparece mi abuelo, vestido de negro de la cabeza a los pies. Ha asaltado el armario de mi madre y se ha puesto su camiseta negra favorita y una cazadora de cuero negra de su «fase punky» en la universidad. Hasta en las piernas lleva algo negro.

—¿Ésas son las mallas de mamá? —pregunto.

—¿Así se llaman? —Y enseguida me mete prisa—: Tenemos que irnos. Ha llegado el coche.

Efectivamente, hay un coche parado en el arcén, con el hermano de Raj al volante. Cuando entramos, Raj nos presenta a todos.

—Éste es mi hermano, Ananda —dice—. Y éstos son Melvin y Ellie.

Ananda se limita a asentir con la cabeza y enchufa la radio.

—A propósito, tengo que estar en casa a las nueve y media —informa Raj—. Mañana hay clase.

—No deberíamos tardar mucho —le asegura mi abuelo, sosteniendo nuestra nevera de picnic—. Cogemos la *T. melvinus* y nos vamos.

El trayecto es mucho más rápido que con el autobús. Cuando llegamos al edificio veinticuatro, sólo hay un coche en el parking. Pasamos de largo y aparcamos al final de la calle.

Mi abuelo le da a Raj un pasamontañas y él se pone otro.

—¿En serio? —pregunta Raj.

—Hay cámaras de seguridad.

—Genial —masculla Raj.

Los dos se alejan en la oscuridad y Ananda y yo nos quedamos allí en silencio, escuchando la radio.

De pronto, nuestras miradas se encuentran en el espejo retrovisor.

—¿Sueles hacer mucho este tipo de cosas? —pregunta.

—Es sólo la segunda vez —contesto.

No tenemos que esperar mucho. Mi abuelo y Raj vienen corriendo y se meten de un brinco en el coche.

—¡Arranca! —grita mi abuelo. Y nos ponemos en marcha.

—¿La tenéis? —le pregunto.

—¡Ni siquiera he podido entrar! —brama él.

Raj me mira.

—Su tarjeta de acceso ya no funciona. Han debido de desactivarla.

Mi abuelo se pasa todo el camino hasta casa refunfuñando.

Cuando nos dejan, Raj se asoma por la ventana y le dice:

—A pesar de todo, me tienes que pagar.

Al día siguiente, mi madre pregunta:

—¿Has visto mis mallas negras? No las encuentro por ninguna parte.

—Pregúntale al abuelo.

Ella entorna los ojos.

—No quiero saberlo.

16

Zapatillas

Son las ocho de la mañana del sábado y mi abuelo camina de un lado a otro del recibidor. Lleva levantado y vestido desde las seis y media. Lo sé porque yo hago lo mismo: me levanto temprano incluso los sábados. A lo mejor es cosa de científicos, porque a mi madre le gusta dormir hasta tarde.

—¿Cuándo nos vamos? —La voz de mi abuelo resuena por toda la casa.

Quiere ir a buscar su ordenador y unas cuantas cosas de su apartamento. Mi madre le prometió que nos llevaría el fin de semana.

—¡Cuando empecéis a poneros en marcha, Roma habrá caído de nuevo!

Mi madre viene chancleteando por el pasillo, en pijama. No es de mucho madrugar.

—¿Te quieres calmar un poco? —le espeta—. Ni siquiera me he tomado un café.

Cuando por fin nos metemos en el coche para dirigirnos a casa de mi abuelo, son más de las diez. Miro por la ventana mientras circulamos por la autopista. Pasamos junto a un cartel de una empresa de biotecnología, que dice «SOMOS EL FUTURO DE LA INVESTIGACIÓN MÉDICA» y tiene la imagen de una bacteria que reconozco.

—¡Mira! ¡Es la *Escherichia coli*! —le digo a mi abuelo.

—Pues sí.

—¿Eso qué es? —quiere saber mi madre.

—Una bacteria —contesto.

Ella dirige una rápida mirada a mi abuelo.

—¿Le estás lavando el cerebro a mi hija?

—A tu hija le interesa la ciencia. Y muestra una gran aptitud. Deberías animarla.

Siento un arrebato de orgullo. A lo mejor esa parte de mí, la parte científica, siempre ha estado ahí, como las semillas en la manzana, y sólo necesitaba que alguien la regara y la ayudara a crecer. Alguien como mi abuelo.

—Pasa por la casa vieja —le indica a mi madre cuando tomamos la salida de la autopista.

Ahora tiene un apartamento en un bloque, pero cuando estaba con mi abuela vivían en una casa, donde se crió mi madre.

Aparca junto a una construcción de estilo Craftsman, con enormes macizos de lavanda en la parte frontal. En el camino particular hay un triciclo.

—La lavanda de tu madre sigue ahí —comenta mi abuelo.

—Parece ser que han puesto ventanas nuevas —observa mi madre.

—Tu madre estaría encantada —replica él y, por alguna razón, los dos se echan a reír.

No sé si los recuerdos que tengo de mi abuela son auténticos o es que me los han contado tantas veces que me da esa impresión: que llevaba palillos chinos en el pelo y que cosió el agujero que yo le hice a mordiscos a mi mantita de bebé y la dejó como nueva. Lo que recuerdo en realidad es una sensación: que, cuando estaba ella, todos gritaban menos y se reían más.

—Me gusta que haya una familia viviendo aquí —dice mi madre—. La vida sigue.

Mi abuelo se limita a mirar la casa.

Hacía tiempo que no iba al piso de mi abuelo.

—Es como viajar a 1975 —murmura mi madre entre dientes.

Los muebles son viejos. Hay un sofá de terciopelo entre amarillo y naranja, cubierto con una funda de plástico, y un sillón reclinable anaranjado a juego. Recuerdo que jugaba con ese sillón cuando era pequeña, que empujaba la palanca de madera y me reclinaba hacia atrás.

—En serio, papá —dice mi madre, pasando la mano por el sofá—, deberías pensar en comprar un sofá nuevo.

—A mí me gusta éste. No quiero tirarlo. Lo escogió tu madre.

Hay montones de revistas científicas, y pequeñas figuras de porcelana de niños mofletudos que
eran de mi abuela. Todo está cubierto por una fina
capa de polvo.

Me voy a la cocina. Sobre la encimera hay un
tarro enorme con forma de búho. Abro la tapa y
echo un vistazo dentro. En vez de galletas, hay so-
bres de salsa de soja. Bueno, queda aclarado el
misterio de adónde iban a parar tantos sobrecitos
de soja.

Mi abuelo abre un secreter y se pone a recoger
papeles y cuadernos.

—Ellie, en el armario del dormitorio hay una
maleta. Tráemela —me pide.

—Vale —digo.

El dormitorio está tal como lo recordaba: los
muebles pintados de blanco, con tiradores negros,
el cubrecama de flores, acolchado y un poco sati-
nado. Hay dos cómodas, una para él y una para
ella. La de mi abuela está limpia y encima hay
un jarrón con lavanda seca. Pero la cómoda de mi
abuelo está abarrotada de cachivaches: un tarro de
mermelada lleno de monedas, una foto enmarcada
de su boda, pilas de recibos, bolígrafos con el logo-
tipo de un banco cercano, palillos de dientes, hilo
dental, dos pares de gafas, botones de varias clases
y pañuelos de tela doblados.

En mitad de ese desbarajuste hay una desvaí-
da tarjeta de felicitación apoyada en un osito de
peluche. En la parte de fuera, con una caligrafía
muy florida, se lee: «Feliz aniversario.» Reconozco
la letra de dentro: es la misma que la de la caja
de recetas:

Para Melvin
¡Feliz primer aniversario!
Tu cándida esposa,

Mona

Cuando voy a sacar la maleta del armario, se me cae al suelo y se abre. Y mientras cierro la cremallera, algo me llama la atención. Me siento como una científica haciendo un descubrimiento, sólo que no es una vacuna ni una bomba, sino un par de zapatillas de estar por casa, peludas y de color rosa.

Están muy bien colocadas debajo de la cama, como esperando a que su dueña se las vuelva a poner.

17

La ley de la amistad

Todas las cabezas se vuelven cuando mi abuelo sale al patio hecho un basilisco a la hora del almuerzo.

Odia hacer la colada, y cuando se está quedando sin ropa limpia, asalta el armario de mi madre.

Hoy lleva sus pantalones de chándal rosa chillón y una camiseta de *El fantasma de la ópera*.

—No me puedo creer que esto esté en la lista de lecturas obligatorias —refunfuña, alzando un libro: *El guardián entre el centeno*.

—¿Por qué? ¿Qué le pasa? —pregunto.

Empieza a comerse las patatas fritas que me quedan.

97

—Lo único que hace ese niñato, Holden, es lloriquear. ¡Que se busque un trabajo de una vez!

—Yo todavía no lo he leído. —Aunque mi madre se pase el día hablando de él. Holden Caulfield es uno de sus héroes.

—Ni falta que te hace —dice mi abuelo—. Deberías estar leyendo a los clásicos.

—Creo que ese libro es justamente un clásico.

—¡Por favor! Dudo mucho que Newton perdiera el tiempo con estas paparruchas.

—¿Newton? ¿Qué Newton?

—¡Qué Newton va a ser! ¡Isaac Newton! ¡El padre de la física moderna!

Miro más allá de él, hacia la cola del almuerzo, donde Brianna espera para pagar. Está con un grupo de jugadoras de voleibol. Debe de ser el día del equipo o algo así, porque todas llevan las camisetas del uniforme y se han pintarrajeado la cara.

—Isaac Newton estableció las tres leyes del movimiento —me explica mi abuelo, y señala el tenedor de plástico de su bandeja—. La primera ley dice que todo objeto en reposo permanecerá en reposo, y todo objeto en movimiento permanecerá en movimiento a menos que sobre ellos actúe una fuerza externa. —Le da un golpe al tenedor y lo hace rebotar—. Que en este caso ha sido mi mano —explica.

¿Será ciencia lo que nos pasó a Brianna y a mí? Tal vez éramos dos objetos en movimiento, a toda velocidad por el espacio, y nos golpeó una fuerza externa: la educación secundaria, el voleibol, la vida o lo que sea.

Mientras mi abuelo sigue hablando, yo me pregunto: ¿No debería haber una «ley de la amistad»? Como por ejemplo que si has sido amiga de alguien prácticamente toda la vida, no puedes dejar de serlo de golpe y cambiar de dirección sin contar con la otra persona.

La voz de mi abuelo me devuelve de golpe al presente.

—Y ésas son, muy resumidas, las leyes del movimiento de Newton. Acabas de aprender física, Ellie. ¿No te notas más lista?

Me lo quedo mirando.

Raj se acerca a la mesa y se fija en el atuendo de mi abuelo.

—Me encanta tu nuevo look, profe.

Hablando de looks, Raj lleva un piercing nuevo: una bola de plata bajo el labio inferior.

Mi abuelo niega con la cabeza.

—¿Por qué te haces esas cosas? Vas a coger una infección terrible. ¿Has oído hablar de los estafilococos?

—Es una forma de expresión.

—¿Una forma de expresarte? ¿En serio? —se burla mi abuelo—. Tengo que alertar sin falta a Harvard.

Raj se viene con nosotros a casa después de clase y nos sentamos en torno a mi puzle en la mesa de la cocina. Mi abuelo ha estado trabajando en él últimamente. A veces, cuando estamos viendo la tele, se va a la mesa sin previo aviso, coge una pieza y la coloca. Es como si llevara un buen rato pensando en ello.

Ahora parece estar evaluando a Raj.

—¿Tú conoces a alguien de los bajos fondos que pudiera ayudarnos a entrar en el edificio veinticuatro?

Raj se lo queda mirando.

—¿Y por qué iba yo a conocer a alguien así?

—No sé, lo he supuesto —declara mi abuelo, señalando su ropa negra y sus piercings.

Raj lo mira raro.

—Bueno, pues ya puedes empezar a pensar en la forma de entrar —le ordena mi abuelo—. Estás en horario de trabajo.

Y dicho esto, coge su ejemplar de *El guardián entre el centeno* y sale de la cocina a grandes zancadas.

Raj se vuelve hacia mí.

—¿Adónde va?

—Al baño. Lo más seguro es que se pase allí un buen rato.

Caliento unos burritos, porque resulta que a Raj le gustan tanto como a mí. Nos sentamos a comer a la barra de la cocina y empezamos a hacer una lista de ideas para entrar en el laboratorio. Son todas disparatadas, como enviarnos a nosotros mismos en un paquete o tirarnos en paracaídas.

Pero lo más curioso es que nos sentimos muy cómodos. A lo mejor así se sentían Oppenheimer y su equipo de científicos cuando estaban trabajando en la bomba. ¿Se sentarían a comer burritos mientras se les ocurrían las ideas?

—Necesitamos un nombre —le digo a Raj. Al ver que enarca una ceja, me explico—: Como hicieron con el Proyecto Manhattan. Cuando estaban creando la bomba atómica.

Probamos con unos cuantos: El Proyecto Melvin Sagarsky, el Proyecto Medusa, el Proyecto Raj y Ellie Molan Cantidad. Hasta que, de pronto, Raj chasquea los dedos.

—¡Ya lo tengo! —exclama, señalando su plato—. El Proyecto Burrito.

Mi abuelo irrumpe de pronto en la cocina, gritando:

—¡Me han cerrado la cuenta de correo electrónico!

—¿Quién?

Está indignadísimo.

—¡Mi cuenta de correo del laboratorio! Alguien me ha cerrado la cuenta. ¡Ya no puedo acceder a ella!

—Qué mal rollo —comenta Raj—. Pero podrías abrir otra cuenta. Son gratis, ¿sabes? Yo le abrí una a mi abuela.

Pero mi abuelo sigue hecho una furia.

—¡No es eso! ¡Allí tenía todos mis contactos! ¡El buceador que encontró la *T. melvinus*! Ni siquiera sé su apellido. Sólo sé que se llama Billy y que es australiano. ¿Tenéis idea de cuántos australianos se llaman Billy?

Raj y yo nos miramos.

—¿Muchos? —aventuro.

Mi abuelo está que echa humo.

—Seguro que ha sido ese Terrence del demonio, el de los trajes caros. No hacía más que decirme que sacara mis cosas del laboratorio. ¡Pequeño trepa! ¿Quién se ha creído que es? ¡Tengo muchí-

simos más años de experiencia que él! ¡Décadas!
—Y blande *El guardián entre el centeno* como si
fuera un arma—. ¡Es igualito que el Holden ese!
¡Un fantasmón!

Hay un momento de silencio.

—¿Estás leyendo *El guardián entre el centeno*? —pregunta Raj—. Es buenísimo.

18

Títulos

Ben nos invita a todos a cenar. Mi abuelo insiste en llevar chaqueta y corbata, aunque sólo vamos al restaurante mexicano.

—Toda una declaración de estilo —comenta mi madre.

—¿Qué? ¿La gente ya no se arregla para salir a cenar? —contraataca él.

Llegamos al restaurante antes que Ben, de manera que cogemos una mesa al fondo. Me encantan los burritos que sirven aquí.

—Ya veo que es un auténtico despilfarrador, ¿eh? —comenta mi abuelo, con ironía, mirando el suelo de linóleo y las flores de plástico—. Deberíamos haber ido a un chino.

—Aquí te ponen todas las patatas fritas que quieras —digo.

—*Oh là là!* ¡Qué glamur!

Mi madre lo fulmina con la mirada, pero en ese momento suena la campanilla de la puerta y su rostro se ilumina. Ha entrado Ben, con un traje oscuro y corbata.

—¿Lo ves? —masculla mi abuelo—. ¡Lleva chaqueta y corbata!

—Siento llegar tarde —se disculpa Ben—. Una reunión con un cliente.

La camarera anota nuestros platos. Yo pido lo de siempre: un burrito. Mi madre y Ben, tacos de pescado. Para mi abuelo, una quesadilla, tres tacos de carne, fajitas de pollo, una guarnición de arroz y judías y extra de guacamole.

Cuando la camarera nos trae la comida, lo de él ocupa media mesa. Empieza a zampar de inmediato y va acabando con todo metódicamente. A Ben parece que le da un poco de envidia.

—Yo era como tú a tu edad —comenta, y se da unas palmaditas en el estómago—. Pero ahora tengo que ir con cuidado.

Mi abuelo se limita a mirarlo mientras se mete el tenedor de nuevo en la boca.

—¿Y qué, te gusta tu nuevo colegio, Melvin? —le pregunta Ben.

Él no se digna ni siquiera a levantar la vista. Borda su papel de adolescente huraño.

Mi madre carraspea.

—No me parece gran cosa —contesta mi abuelo por fin—. Creo que el programa es más bien flojo.

Ben se muestra sorprendido.

—¿Sí?

—Melvin estaba en el programa de niños superdotados de su antiguo colegio —se apresura a improvisar mi madre—. Está acostumbrado a otro ritmo.

Mi abuelo eructa ruidosamente.

—¡Melvin! —exclama mi madre.

—¿Qué? —pregunta.

—¡No seas grosero!

—No es una grosería. Son las bacterias.

Ella lo mira pasmada.

—¿Cómo?

—En el estómago hay bacterias que ayudan a digerir la comida. Durante el proceso se liberan gases —explica—. De ahí los eructos.

—¿Y los pedos también? —pregunto.

—Exacto.

Mi madre gime, pero Ben se echa a reír.

—Parece que estás aprendiendo muchas cosas en el colegio, Melvin —comenta.

—¿Dónde has estudiado tú? —le pregunta mi abuelo de sopetón.

—Melvin —le advierte mi madre.

—Déjale que pregunte —replica Ben con afabilidad—. Me gustan las mentes inquisitivas. Me licencié en Harvard.

—Sí, he oído hablar de esa universidad —dice mi abuelo, dándole vueltas al anillo que lleva en el dedo.

—Y luego hice el doctorado en el MIT.

Melvin parece ligeramente impresionado.

—¿Y ahora en qué trabajas?

—En una compañía nueva aquí, en Silicon Valley. Hacemos videojuegos.

—¿Videojuegos? ¿Fuiste a Harvard y al MIT y te dedicas a eso?

Ben asiente y coge una patata frita.

Mi abuelo niega con la cabeza.

—Qué desperdicio de estudios —sentencia.

—Es un campo increíblemente artístico —tercia mi madre, en defensa de Ben.

—Ah, bueno, si es artístico seguro que es maravilloso —responde mi abuelo.

Mi madre se frota la frente como si le estuviera entrando jaqueca.

—¿Has estado casado antes? —prosigue mi abuelo con el interrogatorio.

Ben parpadea.

—No.

—¿Tienes hijos?

—No que yo sepa.

—Me parece que ya está bien, Melvin —advierte mi madre con voz grave.

—Es sólo un momento —insiste mi abuelo—. Tengo una última pregunta.

—A ver —dice Ben.

—¿Cuáles son tus intenciones...?

Pero el grito de mi madre lo interrumpe:

—¡Melvin!

Y entonces mi abuelo señala el plato de Ben.

—¿... respecto a ese último taco? —concluye la frase con una sonrisa ufana.

19

La caja de Pandora

Mi madre me lleva a hacer la compra. Entrar en el supermercado es una odisea entre tanto manifestante. En la puerta siempre hay gente con pancartas en favor de alguna causa o pidiendo firmas para alguna petición. Y tienen que disputarse el espacio con la Sociedad Protectora de Animales y el Ejército de Salvación.

Cogemos un carrito y cuando terminamos está lleno hasta los topes. Cuando estábamos las dos solas, nunca comprábamos tanta comida. Una tarrina de helado a nosotras nos puede durar una semana entera, pero mi abuelo la liquida de una sentada.

—Tu abuelo me va a dejar en la ruina con lo que come —comenta mientras esperamos en la cola para pagar.

—Por lo menos te ahorras a la canguro —observo.

—Y me está volviendo loca con el tema de la basura.

—¿Tú sabías que tiene un club de fans? —le pregunto.

—¿Tiene un club de fans?

—Sí. En Finlandia.

Ella niega con la cabeza, sorprendida.

—Increíble. ¿También a ellos los vuelve locos?

—A mí me gusta tenerlo en casa —digo.

—Ya me he dado cuenta. Sois como Rosencrantz y Guildenstern. Por cierto, hay un montón de pintura extra en el teatro, por si Brianna y tú queréis dejar más huellas de manos.

Vacilo un momento.

—Ya no sé si vamos a seguir con eso.

Mi madre no dice nada, pero se me queda mirando un buen rato. Y luego cambia de tema.

—La verdad es que tiene gracia que te interese todo eso de la ciencia. Yo lo odiaba. Tu abuelo me llevaba a rastras a su laboratorio cuando era pequeña.

—¿Y qué hacías?

—Lavaba los tubos de ensayo.

A mí me parece entretenido.

—¿Y había algún experimento chulo?

—Aquello era un completo aburrimiento, ése era el problema —me explica—. ¡Nada de emoción, nada de excitación, nada de dramatismo!

Pero sé que en eso se equivoca.

—En la ciencia hay dramatismo a montones.

—¿Sí? ¿En un puñado de gente aburrida con sus batas blancas?

—¡No son aburridos! ¡Son apasionados! ¡Lo que siempre dices que hay que ser!

Ella enarca una ceja, pero yo estoy empeñada en que lo entienda.

—Estábamos perdiendo la Segunda Guerra Mundial y Oppenheimer y todos aquellos científicos crearon la bomba atómica y gracias a eso ganamos. Es puro dramatismo, ¿no te parece?

Ella asiente de mala gana.

—Lo mismo ocurre con Salk. Los niños se morían de polio y todo el mundo estaba aterrorizado. Jonas Salk y su equipo de científicos creían que era posible acabar con la enfermedad, así que se pusieron a trabajar día y noche en busca de una vacuna. ¡Y la encontraron!

Su expresión se ablanda un poco.

—Desde luego, sabes mucho de todo eso —comenta.

Sí, supongo que sí.

—A pesar de todo, a esas historias no les vendría mal un poco de romanticismo.

—Hay mogollón de romanticismo —insisto.

—¿Ah, sí? —se sorprende ella—. ¿De quién están enamorados?

—De lo posible.

Cuando metemos la compra en el coche, llevo el carro de vuelta al supermercado. Aminoro el paso al llegar a las mesas de los manifestantes, sorprendida al ver a mi profesor de ciencias detrás de una de ellas con un cartel que dice: «ABOLICIÓN DE LAS ARMAS NUCLEARES.»

—Hola, Ellie —me saluda el señor Ham.

Siempre es un poco raro encontrarse con los profesores cuando no visten la ropa del instituto. El señor Ham hoy no lleva corbata, sino una camiseta con el mensaje «NO A LAS NUCLEARES», unos pantalones cortos y unas zapatillas de deporte de un azul muy vistoso.

—¿Qué, haciendo la compra? —me pregunta.

—Sí, con mi madre. ¿Qué está haciendo aquí?

—Ah. Trabajo como voluntario para esta organización un par de veces al año. —Y pone su cara de «voluntario»—. ¿Le interesaría leer un folleto, señorita Cruz?

—¿Me daría puntos?

—Desde luego —sonríe.

Reconozco la fotografía de la nube en forma de hongo del folleto. Pero también hay otra imagen, de una ciudad bombardeada. En el pie de foto se lee: «Hiroshima: comienza la guerra.»

—Pero la bomba atómica puso fin a la guerra —comento, desconcertada.

El señor Ham me mira inquisitivo.

—¿Lo hizo? ¿O más bien empezó con ella una guerra más larga? Porque siempre vamos a estar esperando a que caiga la siguiente bomba. No se puede volver a cerrar la caja de Pandora.

En ese momento oigo una bocina: es mi madre, que para en el arcén.

—Ahí llega tu coche —me dice.

Una vez dentro, miro de nuevo al señor Ham, que me saluda con la mano.

· · ·

Cuando voy a desayunar a la mañana siguiente, me encuentro con que mi madre y mi abuelo ya están en la cocina.

—¡Te dije que no sacaras los cubos de basura por la noche! —exclama ella, furiosa.

—¿Cómo? —replica él—. ¡Deberías alegrarte!

—Hay una razón por la que no quiero que lo hagas. Ven.

Los dos la seguimos fuera. Los cubos están junto a la cuneta, sin las tapas. Algún animal ha desparramado con entusiasmo la basura repugnante, podrida y apestosa por toda la calle.

—¡Por aquí hay mapaches! —Mi madre entorna los ojos—. ¡A lo mejor tus admiradores finlandeses te pueden ayudar a limpiar esto!

Y se marcha hecha una furia.

20
La científica loca

Halloween está cada vez más cerca. Es el primer año en que no saldré a pedir chucherías. El ayuntamiento prefiere que los chicos más mayores no anden por las calles, así que hay un baile en el centro de juventud la noche de Halloween.

En clase de ciencias, el señor Ham ya se ha puesto a tono con la ocasión. Lleva una corbata con un estampado de esqueletos.

—¿Vas a ir a la fiesta de Halloween? —le pregunto a Momo.

Ella niega con la cabeza.

—Tengo que acompañar a mi hermano pequeño a pedir chuches.

En el almuerzo también se lo pregunto a Raj.

—Fijo que voy —contesta—. Halloween es la mejor noche del año. Mola disfrazarse.

—Por favor —refunfuña mi abuelo—. ¡Si para ti es Halloween todo el año!

Al final decido que voy a ir, pero no sé qué ponerme. En los últimos Halloweens, Brianna y yo llevábamos disfraces conjuntados. Pero no hace falta ser un genio para saber que este año no va a ser así. Mi madre se ofrece a llevarme a su instituto para que eche un vistazo al guardarropa del teatro.

—Tengo un disfraz de hippie genial para mi producción de *Hair* —me explica, mientras yo rebusco entre las perchas.

Niego con la cabeza.

—Eso no me va.

Para mis padres, un disfraz no es nada extraordinario. Forma parte de su trabajo, como un uniforme. Pero yo creo que lo que llevas en Halloween es importante, porque dice algo de ti: quién eres y qué quieres ser. Eso explicaría por qué se ven por ahí tantas niñas disfrazadas de princesas o de brujas.

Sigo escarbando y, nada más verlo, sé al instante que es el disfraz perfecto. Cómo no se me había ocurrido antes.

La noche de Halloween me encierro en mi habitación para arreglarme. Y cuando hago mi entrada triunfal, mi madre y Ben ya están sentados en el porche, con enormes cuencos de chucherías en el regazo. También van disfrazados.

Ella va vestida de pastorcilla, con una falda con miriñaque y un bastón y todo. Pero lo mejor es el disfraz de Ben, que va de oveja. Lleva un traje blanco y lanudo con un letrero en el pecho que dice: «NO ME HE PERDIDO, ES QUE NO ME GUSTA PREGUNTAR.»

—Beeee —me saluda.

Yo me echo a reír, pero mi abuelo menea la cabeza como si no entendiera nada.

—¿Se supone que tú eres Einstein? —me pregunta Ben.

Llevo una bata blanca de laboratorio, una peluca de pelo blanco desgreñado, unas gafas muy gruesas y un tubo de ensayo lleno de pintura verde de la que brilla en la oscuridad.

—No, sólo la típica científica loca —contesto.

Mi abuelo dice que ya es demasiado mayor para disfrazarse, así que se ha puesto su atuendo habitual: pantalones de poliéster, camisa abotonada hasta arriba, chaqueta de punto, calcetines negros de ejecutivo y mocasines. Lo he convencido para que se ponga una goma de color naranja chillón en la coleta, para que parezca un poco más de Halloween.

—A ver, no me lo digas —se burla mi madre—. Tú vas disfrazado de viejo.

Mi abuelo frunce el ceño.

—Ja, ja, muy graciosa.

Ben recibe a los niños que vienen por chucherías mientras mi madre nos lleva al centro juvenil. Nos quedamos fuera esperando a Raj y mirando los disfraces. Hay muchos ángeles y demonios de aspecto sexy. Mis favoritos son un chico y una chica que se han vestido de Dorothy y el Hombre de Hojalata, sólo que han intercambiado los papeles: él es Dorothy y ella el Hombre de Hojalata.

—¿Crees que tendrán manzanas de caramelo? —me pregunta mi abuelo.

—En el folleto decía que habría comida, ¿por qué?

—Porque hace muchos años que no pruebo una manzana de caramelo.

Raj se acerca y resulta que no lleva nada negro. De hecho, se ha puesto unos pantalones verdes de pinza y un polo rosa con el cuello subido, junto con un jersey blanco atado en torno a los hombros y un cinturón estampado con ballenas. También ha cambiado sus Doctor Martens negras por unos mocasines marrones sin calcetines y se ha teñido el pelo de rubio y se lo ha peinado hacia atrás. Si no llega a ser por los piercings, no lo hubiese reconocido.

—¿De qué se supone que vas?

Se mete las manos en los bolsillos y deja caer los hombros.

—De pijo.

Me río.

Mi abuelo se remueve incómodo.

—Bueno, ¿y ahora qué hacemos?

—Creo que se trata de divertirse —contesto.

—¿Divertirse? Qué pérdida de tiempo —gruñe él.

Pagamos la entrada y pasamos dentro. Está oscuro y la música retumba. Por todas partes hay luz negra y adornos fosforescentes de color naranja. También luces estroboscópicas y hasta una máquina de humo.

Mi abuelo se va derecho a la comida y nosotros lo seguimos.

—No hay manzanas de caramelo. Hemos llegado a una situación muy triste si ya no se puede conseguir una manzana de caramelo en Halloween —se queja.

Ahora que ya estoy allí, la verdad es que me siento un poco nerviosa. No se me da muy bien bailar, aunque he ido a clases de ballet, claqué y jazz (mis padres están más que convencidos de que toda la gente del teatro debería saber bailar). Es por lo del pánico escénico: siempre me quedo como paralizada, o pienso demasiado en los pasos y en qué pinta tendré mientras bailo. Es difícil relajarse cuando todo el mundo te mira.

Empieza a sonar un animado tema de música pop.

—¿Quieres bailar? —pregunta Raj.

—Para mí el baile es cosa del pasado —replica mi abuelo.

—Tú no —le aclara Raj—. Ellie.

A mí se me encienden las mejillas.

—Vale —susurro.

No sé si es la música, o la oscuridad, o el anonimato del disfraz, pero los nervios que suelo tener cuando entro en una pista de baile desaparecen y enseguida me encuentro dando vueltas y brincos junto a Raj.

La música retumba como latidos por el suelo y está tan alta que no se puede ni pensar. Es como una corriente marina que me arrastra y todo queda reducido a los sentidos: el calor pegajoso del aire, el roce de un codo, el destello de una luz estroboscópica.

Soy una medusa luminosa y radiante, que brilla en el mar oscuro y aguarda a ser descubierta.

Cuando la música se para, Raj y yo nos miramos a los ojos y los dos jadeamos sonrientes.

Y entonces me vuelvo en busca de mi abuelo. Está sentado en una silla a un lado de la sala, con la cabeza inclinada sobre el pecho. Se ha quedado frito.

Como un abuelo.

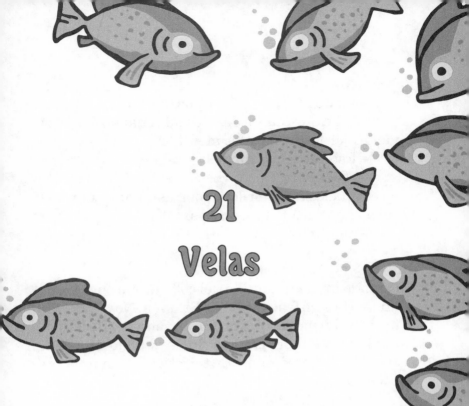

21

Velas

Cuando me despierto, hay globos de helio de colores rebotando por el techo y ya no tengo once años. No es que haya crecido de la noche a la mañana, o experimentado algún cambio físico, pero me siento distinta. Es como si todo lo sintiera... más.

Entonces entra mi madre con el teléfono.

—Es tu padre.

—¡Feliz cumpleaños desde Houston! —oigo en el auricular—. ¿Qué se siente al ser una vieja de doce años?

—¡Es genial! —contesto.

—¿Sabes lo que decía Shakespeare sobre el envejecimiento?

—¿Qué?

—«Cuando llega la vejez se va el ingenio.»

—Ah. ¿Eh?

—Es de *Mucho ruido y pocas nueces* —me explica—. Lo que quiere decir es que cuando te haces viejo, pierdes facultades mentales.

—Eso está muy bien.

—¿Bien?

—Pues claro. Por lo menos así tendré una excusa si no saco buenas notas.

Mi padre se echa a reír.

Cuando abro mi taquilla del colegio, me encuentro una tarjeta de felicitación de Brianna. No puedo evitar acordarme de que el año pasado me decoró el pupitre con papel crepé y flores, y trajo una caja entera de magdalenas. La tarjeta se me antoja un poco triste.

Pero el día mejora.

En el almuerzo, Raj me da un regalo con un lazo rosa.

—¡Eh! ¡Feliz cumple!

—¿Cómo sabías que era mi cumpleaños?

Mi abuelo se da unos golpecitos en el pecho.

—Se lo dije yo, naturalmente.

Abro la caja y sonrío. Es un burrito de mi restaurante mexicano favorito.

—¡Es genial! ¡Gracias! —le digo.

Raj se sonroja un poco y aparta la vista.

—Cuando yo era pequeño, los cumpleaños apenas se celebraban —comenta mi abuelo, al otro lado de la mesa—. Ahora todos queréis un desfile con confeti. Con los jóvenes de hoy todo es exagerado.

—Oye... sabes que ahora eres un joven de hoy, ¿no? —le dice Raj.

Ya me he dado cuenta de que los adultos no se ilusionan tanto con los cumpleaños como los niños. Mi madre bromea diciendo que ya ha dejado de contarlos. Eso me da que pensar.

—¿Cuántas velas habrá en tu tarta este año? —le pregunto a mi abuelo.

—¿Qué?

—Por tu cumpleaños. Por lo de la *T. melvinus*. —explico—. ¿Setenta y siete velas o, no sé, catorce?

Él parpadea y me suelta:

—Yo no creo en los cumpleaños.

Mi madre se sorprende un poco cuando elijo comida francesa para celebrar mi día.

—¿Francesa? ¿No mexicana? —pregunta.

—Francesa —insisto. Y ella me mira con aprobación.

El restaurante francés al que vamos a cenar es pequeño e íntimo. Las servilletas son gruesas y están planchadas, y el camarero recoge las migas de la mesa con un cuchillito muy mono.

Pido *coq au vin* y está delicioso. El camarero nos ofrece unos sorbetes entre plato y plato. Pero lo mejor de la cena es el final: en lugar del carrito de los postres, ¡el camarero nos trae un carro de quesos! Debe de haber unos veinte tipos de quesos para elegir. Pasteur estaría impresionado.

Y luego mi madre saca los regalos, los de ella y mi padre. Una tarjeta regalo de una tienda del centro comercial que vende accesorios para el pelo. Un puzle con la figura de un unicornio (de mil piezas). ¡Y un móvil! Que tiene incluso una funda preciosa: rosa con brillantina.

—¡Por fin! —exclamo—. ¡Gracias!

Ella sonríe.

—Utilízalo con sensatez —me advierte. Y añade—: No te pases del saldo.

Mi abuelo me da su regalo. Es una caja grande envuelta en reluciente papel plateado, con un lazo blanco. Arranco el papel y resoplo encantada.

—¡Un microscopio!

—Es muy bueno, casi profesional —explica.

Me quedo mirando la caja. Es como si acabaran de aceptarme oficialmente en una sociedad secreta de científicos.

Mi abuelo va señalando sus características:

—Un visor binocular, luz halógena, un objetivo de cuatro lentes. Por supuesto, te enseñaré a utilizarlo.

—Gracias. —Tengo un nudo en la garganta—. ¡Es el mejor regalo del mundo!

—Ah, bien —replica él, con la voz un poco ronca—. Me alegro de que te guste.

Mi madre contempla la escena con una expresión rara.

—Yo pensaba que el móvil sería el mejor regalo del mundo.

Después de la cena, el camarero saca una tarta con trece velas: doce velas de color rosa y una de muchos colores para darle variedad. Y todo el restaurante me canta el «Cumpleaños feliz».

Me inclino para apagar las velas, pero con una no hay manera y tengo que soplar tres veces hasta conseguirlo.

Esa noche me duermo soñando con velas. Centenares de velas encendidas, luminosas y desafiantes.

Y que nunca se apagan.

22

Dolores de crecimiento

Mi abuelo entra en la cocina unos días más tarde con un bote de analgésicos. Se llena un vaso de agua y se traga un puñado de pastillas.

—¿Estás bien? —le pregunto.

Está pálido, con ojeras. No tiene buena cara.

—Dolores de crecimiento —explica, apretando los dientes y señalándose las piernas—. La *T. melvinus* debe de estar regenerándome los huesos.

—¿Te duele mucho?

—Digamos que ya sé lo que se siente cuando te torturan en el potro.

Mi padre ha venido a la ciudad a pasar el fin de semana. Aparece en la puerta después de comer, con unos vaqueros gastados, una camiseta negra y su caja de herramientas en la mano.

—¡Papá! —exclamo, y me abalanzo hacia él.

—Presente para el servicio —me dice, alzando la caja de herramientas—. Me han dicho que hay un retrete que necesita reparación.

Mi padre es muy guapo. Y no lo digo sólo porque sea mi padre. Es de esos hombres que cuando entran en una habitación, todas las mujeres miran. Tiene el pelo abundante, negro y rizado, y los ojos muy oscuros. Normalmente le dan papeles de granuja o de héroe en las obras.

—Echo de menos trabajar con mi ayudante —me dice, y me guiña un ojo—. He traído tu martillo.

Cuando era pequeña, para sacar algo de dinero, mi padre hacía alguna chapuza y trabajos de carpintería, y me llevaba arriba y abajo con él en el cochecito de bebé. Cuando me empezaron a salir los dientes, me dedicaba a mordisquear el mango de madera de uno de sus martillos. Todavía se ven las marcas.

—¿Dónde está tu madre? —me pregunta.

—En el instituto. Tienen problemas con el sistema de luces —le explico—. Ha dicho que prepararías tú la cena.

Él mira a su alrededor.

—¿Estás sola?

—No. Melvin está en el cuarto de estar.

—Ah, ya. Tu madre mencionó no sé qué de un primo lejano que ahora paraba por casa. Bueno, quitémonos de encima ese retrete.

Nos metemos en el cuarto de baño y mi padre utiliza primero un desatascador y luego quita la tapa del inodoro y trastea en el interior.

—Pues creo que ya está. ¿Quieres hacer los honores?

Tiro de la cadena y el agua se va.

—Deberías ser fontanero —le digo.

Él sonríe, burlón.

—Desde luego, habría ganado mucho más, eso seguro.

En ese momento entra mi abuelo con *El guardián entre el centeno* en la mano y se queda helado al ver a mi padre.

—Tú debes de ser Melvin. Soy Jeremy, el padre de Ellie. —Y le tiende la mano.

Melvin no se la estrecha.

—¿Te has lavado esa mano?

—El agua del váter está limpia —responde mi padre.

—Pues bébetela —le espeta mi abuelo.

Y allí nos quedamos plantados, hasta que mi abuelo levanta su libro.

—¿Os vais a quedar aquí cotorreando todo el día? —pregunta—. Tengo que terminar los deberes.

Mi padre prepara risotto para cenar. Salimos al pequeño patio y los adultos beben vino tinto y mi abuelo y yo, unos refrescos. Entre el aire fresco, la buena comida y mis padres contando cotilleos de sus amigos del teatro, es como si estuviera viendo mi programa favorito de televisión. Sólo que esta vez mi abuelo hace el papel estelar de Adolescente Silencioso y Huraño. O quizá no está actuando.

Mi padre y mi abuelo nunca se han llevado muy bien. Cuando mis padres se casaron, mi abuelo le dijo ciertas cosas entre las que estaban las palabras «sinvergüenza», «mi hija» y «preñada». No hace falta decir que a mi padre no podemos contarle el pequeño secreto de Melvin.

Mi abuelo se vuelve ahora hacia él.

—Oye, he oído que eres actor. ¿Qué tal te va el trabajo?

—Pues la verdad es que muy bien —contesta él—. La gira de mi obra se ha prolongado otro año.

—¡Eso es fantástico, Jeremy! —exclama mi madre con entusiasmo.

—Felicidades, papá —le digo.

Pero mi abuelo no parece muy impresionado.

—¿Y da mucho dinero lo de actuar para el vulgo?

—Estoy en el sindicato. Tengo un porcentaje de beneficios estupendo.

Mi abuelo suelta un gruñido.

Mi padre le sonríe con cierta curiosidad.

—Me recuerdas a alguien —comenta.

—¿Ah, sí? ¿A quién?

—A un anciano. Uno de esos tipos gruñones. Aunque, claro, estarás de algún modo emparentado con él. Supongo que Melvin es un nombre de familia.

Mi madre y yo nos miramos inquietas.

Y de pronto, sin decir una palabra, mi abuelo se levanta y entra en la casa. Mi padre se vuelve hacia mi madre.

—Un chico interesante —comenta.

—¡Adolescentes! —dice ella suspirando, y se encoge de hombros con indiferencia.

—Yo recojo la mesa —me ofrezco, y empiezo a retirar los platos. Mis padres me miran encantados.

Lo que me encuentro al entrar en la cocina hace que casi se me caiga la pila de platos: mi abuelo está echándose vino en un vaso de plástico.

—¿Qué estás haciendo? —susurro.

—¿A ti qué te parece? —Y bebe un trago del vaso.

—Pero... pero... ¡no puedes!

—¿Por qué no? —refunfuña él—. No soy menor de edad. Y necesito algo para aliviar el dolor. Las piernas me están matando.

El vino le suelta la lengua y, de vuelta en la mesa, cada vez hace comentarios más sarcásticos.

—Tener o no tener trece años. Ésa es la cuestión —dice.

Mis padres están enfrascados en su conversación y no se enteran de nada. Entramos en casa porque empieza a hacer frío y nos sentamos a la mesa de la cocina.

—Voy al baño —anuncia mi abuelo. Y se marcha.

Mi madre niega con la cabeza y se vuelve hacia mi padre.

—¿Tú eras así de adolescente?

—No lo sé muy bien. —Mi padre pone cara de extrañeza—. Lo que más recuerdo es que mis padres no dejaban de avergonzarme.

Ella cambia de tema.

—Bueno, cuéntame. ¿Cómo está «François»?
—Y hace con las manos el gesto de las comillas al decir el nombre.

François es el director de *Los Miserables*.

—¿Quieres decir aparte de tener un nombre francés aunque en realidad sea de Long Island?

—¡Sabía que su acento era falso! —exclama mi madre.

—Se ve que tuvo un buen profesor de dicción.

En ese momento se oye la cisterna.

—Además, tiene un ego más grande que una casa —añade mi padre.

La cadena otra vez.

—¿Lo has arreglado? —le pregunta mi madre.

—Sí —contesta él.

Pienso en todos los analgésicos que se ha tomado Melvin y siento un aguijonazo de preocupación.

—Quizá deberíamos ir a ver si está bien —sugiero.

Nos lo encontramos inclinado sobre el inodoro, vomitando.

—¡Oh, no! ¿Te habrá sentado mal la comida? —pregunta mi madre cuando mi abuelo se vuelve hacia ella con la cara gris.

Mi padre olfatea.

—¿Desde cuándo la comida huele a vino? —pregunta enfadado.

23

Pizza a domicilio

Mi abuelo se retrasa.

Raj y yo lo esperamos junto al palo de la bandera después de clase. Ahora Raj casi siempre se queda a esperar conmigo. Dice que se apuesta algo a que han vuelto a castigarlo.

Mi abuelo llega corriendo, con los ojos desorbitados, frenético.

—¡Ya sé por qué desactivaron mi tarjeta de acceso! ¡Y por qué me cerraron la cuenta de correo!

Raj y yo nos lo quedamos mirando.

—¡Han comprado la compañía! ¡Se trasladan a Malasia!

—¿A Malasia? —repito.

—¡Está en internet! ¿Qué pasará con mi *T. melvinus*? ¡Seguramente la tirarán!

Se encierra en el baño con un portazo en cuanto llegamos a casa. Yo decido montar mi microscopio a ver si así consigo animarlo. Viene con un juego de portaobjetos preparados. Hay una espora de helecho, una fibra de algodón, un cristal de sal. Y, curiosamente, también una escama de un pez de colores. Supongo que no todo el mundo tira sus peces al váter cuando se mueren.

Miro la escama bajo el microscopio. Es preciosa. Todo un abanico de colores. Y me acuerdo de todos los Nemos. De haber tenido la *T. melvinus* a lo mejor habrían sobrevivido. Tal vez ahora estarían todos nadando en un acuario enorme.

Llaman a la puerta. Voy a abrir y me encuentro a un chico con una caja de pizza.

—¿Han pedido una pizza?

Lleva el pelo peinado en una cresta, varios aros en las orejas y uno en el labio. Los repartidores siempre tienen un poco de mala pinta, son el tipo de chicos a los que no contratan nunca en los centros comerciales.

—Espera —le digo y llamo a mi abuelo—. ¿Tú has pedido pizza?

—De pepperoni —especifica el repartidor.

Mi abuelo sale a la puerta.

—Yo no he pedido nada —dice ceñudo.

—¿Qué dirección tienes? —le pregunto al chico, que mira el papel que lleva en la mano y sonríe como disculpándose.

—Huy, lo siento —dice, y se aleja a grandes zancadas.

Me lo quedo mirando, y recuerdo que mi abuelo dijo que a los ayudantes de laboratorio les gusta comer pizza.

Me vuelvo hacia él y sonrío.

—Creo que ya sé cómo entrar en el edificio veinticuatro.

Durante el almuerzo, les cuento mi plan en detalle a mi abuelo y a Raj.

—Raj se viste de repartidor, lleva una pizza auténtica y le abre uno de los ayudantes de laboratorio. Entrega la pizza y al salir coge la *T. melvinus*. ¡Así no tendremos que preocuparnos del guardia de seguridad ni de todo el rollo de la tarjeta de acceso!

—No está mal —admite mi abuelo.

—¿A ti qué te parece? —le pregunto a Raj—. ¿Lo harías?

—Desde luego. Me apunto —responde sin dudarlo.

—Y tu hermano también —añade mi abuelo—. Necesitamos un coche.

Lo programamos para el viernes, porque es la noche en que mi madre se queda hasta tarde repasando los textos con los actores. Deberíamos tener tiempo de sobra para ir y volver del laboratorio sin que se entere de nada. Es perfecto.

Excepto que cuando Raj aparece en el porche de casa, resulta que viene solo.

—El coche de Ananda está en el taller —explica.

Nos quedamos en la cocina buscando una alternativa.

—Dice que estará arreglado la semana que viene —añade Raj.

Mi abuelo está exasperado.

—¡No quiero esperar a la semana que viene! ¡A saber qué pasará mientras tanto con mi *T. melvinus*!

—Pues vamos en autobús —sugiere Raj.

—¿Sabes cuánto tardaríamos? Tenemos que encontrar un sitio de pizzas, comprarla, luego tomar cuatro autobuses para llegar hasta allí, caminar un rato y...

Pero ya no le escucho; estoy totalmente concentrada en el puzle de encima de la mesa. Está casi terminado. El ajetreo de la ciudad. La gente que anda apresuradamente por la calle. Los escaparates.

Los taxis amarillos.

24

El Nobel

En la televisión, la gente entra y sale de los taxis constantemente como si nada. Pero yo nunca he ido en taxi y todo me parece exótico: el taxímetro en el salpicadero, el olor a ambientador de pino, el taxista que no deja de hablar ni un momento por sus auriculares. Ni siquiera parece sorprendido de llevar a tres niños en el asiento trasero.

Mi abuelo hace que el taxista pare en una pizzería. Pide dos pizzas, cuatro refrescos y unos colines y le da cien dólares al chico del mostrador por su gorra, su camisa y una nevera con el logo de la pizzería.

Son casi las siete cuando llegamos al edificio veinticuatro. Sólo hay dos coches en el aparcamiento.

—Esto está muy tranquilo —observo.

—Típico viernes por la noche —contesta mi abuelo en tono cáustico—. Todo el mundo se marcha temprano. Los jóvenes de hoy no tienen ninguna dedicación.

Raj se pone la camisa y la gorra. Está perfecto. De repente me preocupo y le toco el brazo.

—Que no te pillen.

Me mira a los ojos.

—Tranquila.

—El taxímetro está en marcha, ¿eh? —informa casi a gritos el taxista mientras Raj se aleja.

En efecto, va marcando. Cuarenta dólares. Sesenta dólares. Setenta dólares. Y de pronto aparece Raj con la nevera y yo siento un alivio inmenso.

—¿La tienes? —pregunta mi abuelo.

—Sí. Ha estado tirado. Ni siquiera me han preguntado quién había encargado la pizza. El tío me ha abierto a la primera.

Mi abuelo le pide al taxista que nos deje en un restaurante chino para una celebración improvisada.

—Pedid lo que queráis —dice—. Yo quiero *moo goo gai pan*.

Como si alguien lo dudase.

Raj da unos golpecitos a la carta.

—Tienen medusa. Hemos de pedirla.

Sonrío.

Cuando llega nuestro pedido, todos empezamos a comer. Raj le da un bocado a la medusa.

—¿A qué sabe? —le pregunto.

Él mastica. Mastica y mastica.

—A goma.

No puedo contenerme:

—Medusa: ideal para sujetar cosas.

Raj me pilla el rollo enseguida.

—Puede usarla como goma de borrar.

—¡O como una pelota y hacerla botar!

Es igual que el juego del perrito empanado, sólo que mejor.

Raj y yo seguimos dale que te pego con lo de la medusa hasta que sufrimos tal ataque de risa que no podemos ni respirar.

—¿Debería llevar pajarita? —pregunta mi abuelo de pronto.

Raj enarca una ceja.

—Quizá sea un poco excesivo para el instituto.

—No —lo corrige Melvin—, para la ceremonia del Nobel. Hay que ir de etiqueta.

Raj se vuelve hacia mí.

—¿Y nosotros qué nos ponemos?

—¿Vosotros? —se burla mi abuelo.

—Perdona, pero ¿quién ha sacado la *T. melvinus* del laboratorio?

—Es verdad —lo apoyo.

Mi abuelo chasca la lengua.

—Vale. Pero la autoría principal es mía.

Terminamos de comer, pero nos quedamos allí un buen rato, ocupando la mesa por la cara, leyendo papelitos de las galletas de la fortuna. Al ser un viernes por la noche el restaurante está abarrotado, pero nuestra mesa es el centro de mi universo. No quiero que esta noche se acabe nunca.

Mi abuelo le pide al camarero más té y el hombre llena nuestras tazas de porcelana. El ani-

llo de la universidad le queda enorme ahora que
tiene el dedo tan flaco.

—Un brindis —propone.

Raj mira la nevera, que está en una silla.

—¿Por las medusas?

Pero yo niego con la cabeza, porque sé cuál es
el brindis perfecto.

—Por lo posible —digo, mirando a mi abuelo
a los ojos.

Él esboza una sonrisita.

Y todos alzamos las tazas y exclamamos:

—¡Por lo posible!

25
Frío

Cuando me despierto, mi habitación está helada. Finalmente ha llegado el otoño y a mi madre no le gusta poner la calefacción hasta que estamos a menos de dieciocho grados. Dice que esto es California, no Alaska, que me ponga un jersey y en paz.

Pero por más frío que tenga, la emoción me calienta las venas.

La *T. melvinus* está a salvo en el congelador de nuestro garaje y mi abuelo tiene mil planes y proyectos. Quiere ponerlo todo en marcha ya. Alquilar un local. Montar un auténtico laboratorio. Comprar equipo. Adecuar las instalaciones. Y entonces podrá anunciarlo al mundo.

Estoy que ni duermo esperando el siguiente paso. ¿Esto es lo que sintió Salk cuando supo que su vacuna era eficaz? Tal vez ganemos el Premio Nobel.

Mi abuelo me toma el pelo con lo que me voy a poner para ir a la ceremonia. Nunca he ido a ningún evento de gala. ¿Qué podría llevar? ¿Un vestido largo? ¿Tacones? Me acuerdo de que Marie Curie ganó un Nobel. ¿Qué llevaría a la ceremonia de entrega del premio? Decido buscarlo.

Casi todas las fotos la muestran con vestidos negros antiguos y el pelo encrespado, como el mío. No encuentro ninguna imagen de cuando recogió el Nobel, pero sí descubro algo que no sabía. Algo que mi abuelo no me ha contado.

Marie Curie se expuso tanto a la radiación durante sus experimentos que acabó envenenándose.

Su descubrimiento la mató.

En el patio del almuerzo hace viento y frío. Estoy en la cola con mi bandeja, mientras espero para pagar. Hoy hay perritos empanados.

Raj y mi abuelo están en nuestra mesa de siempre, con las cabezas juntas. Mi abuelo está escribiendo algo en su cuaderno.

—Ey, Ellie.

Me doy la vuelta y me quedo helada. Es Brianna.

Está detrás de mí, con una botella de zumo. Espero sentir la punzada de dolor que normalmente acompaña sus apariciones, pero nada. Sólo un pellizquito, un escozor, como cuando te haces una herida en una rodilla y se te ha bajado ya la inflamación. Sé que voy a estar bien.

—¡Ey! —la saludo—. ¿Cómo va el voleibol?

Vacila un momento.

—Es mucho más duro de lo que pensaba. Supercompetitivo. Tendré que volver a intentarlo la temporada que viene.

—Ah.

Se produce un momento de silencio incómodo. Luego Brianna baja la vista a mi bandeja y me ofrece una de sus sonrisas de antes.

—Un perrito empanado. Antes me encantaban. —Y casi suena como una disculpa.

Trago saliva.

—Sí, a mí también.

Y me siento aliviada, como si esa etapa ya se hubiera terminado y de algún modo todo estuviera bien. Porque he pasado página. Tengo a mi abuelo. Y a Raj.

—Por cierto, el otro día vi a tu antigua canguro, Nicole, en el centro comercial. Me dijo que te saludara —comenta Brianna.

Miro a Raj, en el otro extremo del patio, y recuerdo que Nicole mencionó que nos haría descuento. A lo mejor le puedo conseguir un pendiente.

—¿Quién es el chico ese con el que vas siempre? —me pregunta Brianna, siguiendo mi mirada.

—Raj.

—No, digo el del pelo largo —me aclara.

—Ah, es mi primo Melvin. Ahora está viviendo en casa —le explico.

141

—No sabía que tuvieras primos.

—Bueno, es una larga historia.

Una expresión ensoñadora cruza su rostro.

—Es muy mono.

Esbozo una media sonrisa.

—¡Eh!

Ella se muerde el labio.

—¿Tiene novia?

—¿Novia? —repito, acordándome de las zapatillas de mi abuela.

—Sí —insiste ella, esperanzada—. ¿Crees que tengo posibilidades?

En mi mente se repite una y otra vez lo mismo: «¿Brianna cree que mi abuelo de setenta y seis años es muy mono?»

Intento imaginármelos besándose y siento un escalofrío.

—¿Ellie? —dice ella. Yo parpadeo—. Digo que qué te parece, que si podría gustarle a Melvin.

Tengo que hacer un esfuerzo para contestar.

—No —respondo categórica—. No le interesan nada este tipo de cosas.

—Qué pena —dice.

26
La momia

La casa está de lo más calentita cuando voy a la cocina para preparar el desayuno. Mi abuelo ya está allí sentado y vestido.

Mi madre entra dando grandes zancadas y pregunta:

—¿Quién ha subido el termostato?

—Yo no —digo.

Mi abuelo clava en ella una mirada gélida.

—Yo.

—¿Por qué?

—Porque esta casa es una nevera. Se podrían conservar cadáveres en ella.

—Estamos intentando ahorrar —replica mi madre.

Él se mete la mano en el bolsillo y saca un billete de veinte dólares.

—Toma. Sube la calefacción.

Mi madre y Ben se van a ver la obra de un amigo suyo. Cuando ya están saliendo por la puerta, mi abuelo los alcanza.

—¿A qué hora la vas a traer a casa? —le pregunta a Ben.

—¿Perdona? —dice mi madre con sarcasmo—. Me parece que ya soy mayorcita para llegar a la hora que quiera.

—Pero yo soy el canguro —replica mi abuelo—. ¿No crees que tengo derecho a saber a qué hora vas a volver?

—Estará en casa a las doce —promete Ben.

Preparo palomitas y trato de convencer a mi abuelo para que vea conmigo una maratón de películas de monstruos. Están dando un montón de clásicos en blanco y negro: *La mujer y el monstruo*, *La momia*, *Drácula*. Pero me dice que está muy ocupado.

—Tengo que trabajar en mi artículo sobre la *T. melvinus* y enviarlo para que lo lean mis colegas.

A medianoche todavía estoy viendo películas, y mi abuelo entra en el cuarto de estar con pinta de enfadado.

—Tu madre se retrasa.

Diez minutos más tarde, aparece el coche de Ben en el camino de entrada y mi abuelo sale disparado hacia la puerta. Voy detrás de él.

Se va directo al coche y aporrea la ventanilla. Ben la baja y se lo queda mirando desconcertado.

—¡Llegas diez minutos tarde!

—Ha habido un accidente —se disculpa Ben.

—Pues haber salido con más tiempo. —Su voz es la de un niño de trece años, pero con la autoridad de un adulto.

Cuando Ben se marcha y entramos todos en casa, mi madre y mi abuelo se enzarzan en una discusión:

—¿Os estabais besando en el coche? ¡Os podría ver todo el vecindario!

Mi madre levanta los brazos.

—¿Y qué?

—¿Qué clase de ejemplo le estás dando a tu hija?

A ella se la llevan los demonios.

—Perdona, pero ¿es que estamos en 1950? Además, tú no eres quién para decirme lo que tengo que hacer.

—¡Soy tu padre!

—Puede que seas mi padre, pero aquí la adulta soy yo. ¡Tú no me das órdenes!

—¡Yo soy el adulto! —grita él también.

—Pero ¿tú te has mirado al espejo? ¡Porque no eres un adulto! ¡Eres un adolescente!

Él la fulmina con la mirada y se marcha. Luego oímos un dramático portazo en el cuarto de baño.

Mi madre se vuelve hacia mí.

—¿Lo ves? Un adolescente.

• • •

Hay una exposición temporal sobre Egipto en el Museo de Young de San Francisco y Raj me invita a ir con él. Mis padres son unos enamorados del arte y yo prácticamente me he criado en el de Young. Sé dónde están todos los servicios. Mi padre siempre bromea diciendo que aprendí a utilizar el váter junto a los maestros del Renacimiento.

Mi madre necesita que le presten algo de atrezo en un teatro del centro, de manera que se ofrece a llevarnos en el coche. Invito a mi abuelo a que nos acompañe.

—No tengo tiempo para juegos —replica él, mientras sus dedos vuelan sobre el teclado del portátil—. Estoy trabajando en mi solicitud de patente.

Cuando pasamos por el parque Golden Gate, me fijo en un edificio, uno junto al que he debido de pasar miles de veces, pero al que nunca había prestado mucha atención: la Academia de Ciencias de California. Y de pronto también me parece saber dónde tienen los servicios.

Cuando llegamos al de Young hay una cola larguísima. No tenía ni idea de que las momias fueran tan populares. Raj encaja perfectamente con la gente de San Francisco. Nadie lo mira con cara rara.

Recorremos toda la exposición. En una sala han recreado el interior de una tumba. El sarcófago está rodeado por las pertenencias del muerto: muebles, comida y un par de zapatillas de cuero. Es como si la vida se hubiera quedado congelada en el tiempo, y yo no puedo evitar acordarme del piso de mi abuelo.

Por fin llegamos a la momia que es la estrella de la exposición. Está detrás de un cristal y no se parece en nada a lo que me había imaginado. Es pequeña, como de mi tamaño más o menos, y muy flaca. Y las vendas no son blancas, como en las películas, sino de un marrón oscuro, negruzco, y es como si se hubieran fundido con el cadáver. Hay un agujero donde se encontraría la nariz, y la piel parece dura, como de cuero.

Pero lo más perturbador es el pelo. En la parte posterior de la cabeza tiene un largo mechón de pelo rizado. Casi me arrepiento de haberlo visto, porque eso hace que la momia sea demasiado real.

No me acuerdo del funeral de mi abuela, pero sé que fue incinerada y que sus cenizas se esparcieron en la bahía de San Francisco. No sé, es algo que siempre me ha gustado, porque cada vez que veo la bahía, me parece que puedo oírla en las olas y en los graznidos de las gaviotas.

—¿Para qué hicieron todo eso? —le pregunto a Raj—. ¿Por qué no enterraron el cuerpo y ya está, o lo incineraron?

—Porque querían vivir eternamente. —Raj esboza media sonrisa con los ojos entornados—. Creían que si el cuerpo se preservaba, su espíritu podría volver a él. En fin, un poco como lo que Melvin está haciendo.

—Melvin no está muerto.

—Es verdad. Pero es como si estuviera preservándose —bromea—. Igual que una momia.

Me quedo mirando el mechón de pelo.

—Eh, venga —sonríe Raj—, vamos a la otra sala. Hay un gato momificado.

27
Después

En el autobús, a la vuelta del colegio, mi abuelo alza su libro de texto de ciencias. Debe de andar mal de ropa limpia, porque lleva la camiseta de la producción de *Hair* de mi madre. Está teñida de colores estridentes y no puedo evitar acordarme de mi maestra Starlily.

—¡La *T. melvinus* va a tener aquí su propio capítulo! —se jacta.

—Sí —contesto con una sonrisa forzada.

Él se pone a hojear los temas.

—Mmm, ¿dónde crees que tendría más lógica ponerlo?

Cuando llegamos a casa, él se va derecho a la cocina a comer algo, pero a mí no me apetece nada. Tengo el estómago un poco revuelto, así que me voy a mi habitación y me tumbo en la cama. No puedo dejar de pensar en las momias. No pueden ser más siniestras. Los muertos esperando volver a la vida. Por eso son monstruos en las películas de terror.

Observo mi cuarto de una forma distinta, nueva, y lo que veo hace que me lo cuestione todo. Las huellas de manos en la pared: conforme la gente se vaya haciendo mayor, ¿se le harán las manos más pequeñas en lugar de más grandes gracias a la *T. melvinus*? El lazo rosa de mi cómoda, del regalo de cumpleaños que me hizo Raj: ¿la gente tendrá menos velas en la tarta cada año porque se estará haciendo más joven? Me siento como Galileo, con mi visión del universo de pronto del revés.

Y casi sin darme cuenta me encuentro sentada delante del ordenador, buscando información sobre Oppenheimer y la bomba atómica. Necesito saber qué pasó luego. ¿Qué pasó después de que se lanzaran las bombas sobre Japón?

Las imágenes aparecen en la pantalla. Edificios destrozados. Humo. Niños llorando.

El artículo dice que no se sabe a ciencia cierta cuántas personas murieron en los bombardeos. Una de las estimaciones fija la cifra total en 185.000 muertos. Se me dan bien las matemáticas e intento convertir ese número en algo que de verdad pueda entender. En el colegio somos novecientos niños, de manera que serían unos doscientos colegios llenos de niños muertos.

Niños como Raj. Como Momo. Como Brianna.

Y eso sin contar a todos los demás, como la secretaria, el conserje y los profesores. El señor Ham y sus corbatas divertidas.

Me da vueltas la cabeza.

¿Y si sucediera otra vez? Como dijo el señor Ham: hemos abierto la caja de Pandora. Las palabras de Oppenheimer me resuenan en los oídos como mil bombas explotando a la vez.

«Supimos que el mundo había cambiado para siempre.»

Mi abuelo está en la barra de la cocina con su portátil, comiéndose un burrito y bebiendo té.

Las palabras acuden a mi boca:

—¿Qué escribirán? —le pregunto.

—¿Sobre qué?

—Sobre nosotros, en los libros de texto. ¿Qué pondrán?

Se me queda mirando.

—Quiero decir, ¿dirán que Melvin Sagarsky y Ellie Cruz cambiaron el mundo o que acabaron con él?

—¿Que acabamos con él? ¡Estamos salvando a la gente de la vejez! Igual que con la polio.

—Pero la vejez no es lo mismo que la polio.

Menea la cabeza.

—Pero ¿a ti qué te ha dado ahora? ¡Esto es ciencia! ¡Así funciona el progreso científico!

—¡Yo creo en la ciencia! Pero ¿y si esto no es una buena idea? ¿Y si no somos Salk? ¿Y si somos Oppenheimer? ¿Y si la *T. melvinus* es como la bomba atómica?

—Qué tontería. —Y mi abuelo se vuelve de nuevo hacia su ordenador sin hacerme caso.

—¡Le gustas a Brianna! —le suelto.

Me mira perplejo.

—¿Quién es Brianna?

—¡Mi amiga! Bueno, mi ex amiga. Mira, ya ni siquiera sé muy bien quién es, pero da igual. ¡Quiere salir contigo!

—Soy viudo. No tengo ningún interés en salir con nadie.

No lo entiende. Es como Marie Curie con la radiación. No ve que va a envenenarlo todo.

—Eres... ¡eres como una momia que vuelve a la vida!

—No hay quien entienda lo que dices —me contesta, como si le hablara a una niña pequeña con una rabieta.

Me fijo en su camiseta de colores estridentes y de pronto comprendo lo que Starlily intentaba enseñarnos con los peces de colores. Los finales son tristes. Como el pez muerto y las zapatillas de la abuela y Brianna y yo. Sin embargo, los comienzos son emocionantes. Como descubrir algo que a lo mejor se me da bien o hacer nuevos amigos. Raj, por ejemplo.

—Es el ciclo de la vida —le digo, recordando las palabras de mi antigua maestra—. Todo tiene que ir hacia adelante, no hacia atrás.

—¿Quién quiere ir hacia atrás? Yo desde luego no.

Ahora la cabeza me va a mil por hora y pienso en cosas que no avanzan. Como mi madre. Le da miedo volver a equivocarse, aunque es más que evidente que Ben es la pieza perfecta que le falta a su puzle.

—¿Y todo eso de las leyes del movimiento? ¡Se supone que tienes que seguir avanzando si no quieres quedarte estancado! ¡Como mamá con Ben!

—Tu madre puede aspirar a alguien mejor que Ben —replica mi abuelo, haciendo caso omiso a lo que de verdad quiero decir.

—¿Y si hemos ido demasiado lejos? ¿Y si hacemos un mundo mucho peor?

—Mira que eres melodramática. Igualita que tu madre.

—¿Y los cubos de basura? —pregunto.

—Los sacaré esta noche.

—¿Y cómo va a funcionar? Cuando todos los viejos sean jóvenes de nuevo, ¿quién se encargará de todo? ¿Quién decidirá cuándo sacar la basura y subir la calefacción? ¿Quiénes serán los adultos?

Mi abuelo parece momentáneamente desconcertado, como si ese aspecto no se lo hubiera planteado. Pero luego su expresión se endurece.

—Tú no lo entiendes. No has tenido que pasar por eso.

Las palabras se me escapan antes de que pueda evitarlo:

—Pero ¡es que quiero pasar por eso! —Y lo miro implorante—. ¿Tan terrible es hacerse mayor, hacerse viejo? ¿Tan terrible es la vida?

Se queda absorto un instante y luego me mira como si me estuviera viendo por primera vez.

Respiro hondo, me acuerdo de lo que sentí cuando bailaba en la pista a oscuras, con el latido de la música en el cuerpo, la posibilidad tan cercana de «algo» —no sé qué—... y quiero sentirlo de nuevo.

—Porque yo quiero intentarlo —susurro—. Sólo tengo doce años.

En ese momento retumba la puerta del garaje al abrirse. Mi madre entra en la cocina con bolsas de comida.

—He traído comida china —anuncia con una sonrisa—. Y sí, papá, para ti hay *moo goo gai pan* y extra de salsa de soja.

Él mira las bolsas y luego a mí.

—No tengo hambre —contesta. Y se marcha.

—Bueno —dice mi madre volviéndose hacia mí—, supongo que para todo hay una primera vez.

28

Observación

Llevo el jersey más grueso que tengo, pero no sirve de nada contra la frialdad que hay entre mi abuelo y yo.

A la hora del almuerzo, devora la comida en dos bocados y sale zumbando.

—¿A vosotros qué os pasa? —me pregunta Raj.

—Que nos hemos peleado.

—¿Por qué?

—Por nada, una tontería —me escabullo.

Como si un desacuerdo sobre el destino de toda la humanidad fuera «una tontería».

Mi madre odia que el teatro esté medio vacío la noche de un estreno, de manera que me recluta para que la ayude a llenar las localidades que no se han vendido para *Nuestra ciudad*. Me da un montón de entradas gratis para que las reparta en el instituto.

Durante la clase de ciencias le pregunto a Momo si quiere unas cuantas.

—Son gratis —le explico—. Mi madre dirige la obra.

—Pues claro. ¿Tú vas a ir?

Yo hago una mueca.

—Seguro que sí.

Ella se echa a reír.

—Sí, te entiendo. Yo también tengo que ir a todos los partidos de fútbol de mi hermano. —Y luego añade—: ¿Te apetece que hagamos algo después? Igual podríamos ir a tomar un helado de yogur.

—¡Estupendo! —exclamo con una sonrisa.

Nuestra ciudad se estrena el viernes por la noche. Mi madre ya está en el teatro, ultimando los preparativos, de manera que Ben nos lleva a mi abuelo y a mí en coche. Melvin se ha puesto chaqueta y corbata. Yo esperaba que se quejara por tener que ir a ver la obra, pero está inusualmente callado.

El teatro está abarrotado. Supongo que mis esfuerzos han dado su fruto. Saludo a Momo con la mano. Parece que se ha traído a toda la familia. Nos acomodamos en nuestros asientos, se apagan las luces y se alza el telón.

A lo mejor era demasiado pequeña las otras veces que vi la obra, porque ahora me resulta interesante. O tal vez sea por los actores. Mi madre tenía razón: los chicos que hacen de Emily y George son buenísimos, sobre todo Emily.

La historia empieza cuando es adolescente. Luego se hace mayor, se casa y muere al dar a luz a su segundo hijo, pero vuelve a la Tierra por un día como una niña de doce años. Igual que yo.

Y en un momento dado se pregunta si alguien entiende la vida cuando la está viviendo. Sé perfectamente lo que quiere decir: que la vida es algo precioso y no siempre nos damos cuenta de ello. Pero quizá la vida sea algo precioso porque no es eterna. Como en un parque de atracciones: la montaña rusa es emocionante la primera vez. Pero ¿sería igual de divertida si te montaras en ella constantemente?

No puedo evitar mirar a mi abuelo. Tiene la vista clavada en el escenario, absorto. Como si hubiera notado mi atención, se vuelve hacia mí y nos miramos a los ojos durante un rato. Su expresión se suaviza y por un momento me parece que él también lo ha entendido. Que lo comprende.

Pero entonces parpadea.

Y aparta la vista.

La obra recibe unas críticas estupendas. Al terminar, la gente se pone incluso en pie para aplaudir. Pero en casa no hay aplausos ni ovaciones. Sólo mi abuelo y yo, que no nos hablamos.

Dejo en el cuarto de baño un paquete nuevo de gomas para el pelo, a modo de ofrenda de paz, pero él ni las toca.

Una parte de mí quiere arreglar las cosas con él, decirle que me equivocaba. Pero en el fondo sé que tengo razón. El mundo no está preparado para la *T. melvinus*. Me pregunto si esto es ser científico: creer en algo con tal convicción que estás dispuesto a ir en contra de lo que sea, incluso de alguien a quien quieres.

Después de todo igual sí que estoy un poco loca.

Cuando volvemos de clase, no hay nadie en casa. Mi madre está en el instituto, desmontando la escenografía. Mi abuelo y yo nos vamos cada uno por su lado: yo a la cocina, él al cuarto de baño.

Estoy que reboso de energía nerviosa, de manera que decido cocinar algo. Echo un vistazo a las recetas de la caja de mi abuela y elijo la de la quiche. Primero me aseguro de contar con todos los ingredientes: harina y mantequilla para la masa, huevos, jamón, queso. Sólo hay un trozo de queso al fondo de la nevera. En cuanto lo saco, advierto que debe de llevar ahí la tira de tiempo, porque está cubierto de un moho peludo azul verdoso. Mi primera reacción es de asco, pero luego siento curiosidad. Quiero ver qué pinta tiene bajo el microscopio.

De manera que lo monto en la barra de la cocina, cojo un poco de moho, lo pongo en un portaobjetos y lo miro por el visor. Parecen hilos muy delicados.

En ese momento entra mi abuelo con *El guardián entre el centeno* en la mano.

—El váter está atascado otra vez —me informa—. ¿Qué estás mirando?

Me siento un poco incómoda ante la idea de explicárselo:

—Iba a preparar una quiche, pero he visto que el queso se ha florecido, así que me he puesto a observar el moho por el microscopio.

Me mira con una expresión indescifrable.

—Pues claro. Es lo que haría un científico.

No sé qué decir.

Mi abuelo levanta el libro.

—Lo he terminado. Es bueno.

Me deja con la boca abierta.

—¿Sí?

—Pues sí. Lo juzgué prematuramente y me equivoqué. —Entonces vacila—. En otras cosas también.

Coge una manzana del frutero. Está muy roja y llena de macas; diría que se está empezando a pudrir.

—Tenías razón —admite, encogiéndose de hombros.

Contengo el aliento esperanzada.

Él mira la manzana.

—La semilla se planta, se convierte en un árbol, la fruta madura, cae al suelo. —Da un mordisco y el jugo de la manzana le gotea por la barbilla—. Y luego todo empieza de nuevo. El ciclo de la vida. No hace falta ser Galileo para hacer esa observación.

Trago saliva.

—La ciencia tiene mucho poder. Y siempre hay consecuencias: maravillosas y terribles. Supongo que por un momento me dejé llevar por la emoción y se me olvidó lo que dijo Salk.

—¿Qué dijo?

Mi abuelo me mira a los ojos.

—Que nuestra mayor responsabilidad es ser buenos antepasados.

Asiento con la cabeza y él suspira.

—Supongo que eso significa que no me van a dar el Nobel.

—Un científico nunca se rinde. Todavía puedes conseguir el Nobel algún día. Por algo incluso más importante. ¡Algo que nadie haya hecho nunca!

—¿Como por ejemplo? —me pregunta en tono escéptico.

Me señalo una espinilla que tengo en el mentón.

—¡Encontrar una cura para el acné!

—Mmm. Eso sí que sería revolucionario. —Y niega con la cabeza—. Pero en fin, dejémoslo. ¿El desatascador está en el garaje? Hay que arreglar el váter. Me ha costado un montón que se tragara la *T. melvinus*.

—¿La has tirado al váter? ¿Por qué no a la basura?

Resopla, burlón.

—¿A la basura? Seguramente a tu madre se le olvidaría sacarla. Entonces los mapaches revolverían en los cubos y se comerían la *T. melvinus*, y quién sabe lo que pasaría. Quizá el vecindario se llenara de mapaches furiosos que nunca envejecerían.

Los dos nos echamos a reír.

29

Comienzos felices

Nicole llama para decirle a mi madre que le gustaría recuperar su antiguo trabajo de canguro. Resulta que el taller de piercings al final no ha sido la gran oportunidad que ella pensaba. Mi abuelo recibe la noticia con entusiasmo.

—Ya es hora de que siga mi camino —nos informa.

—¿Te marchas? —le pregunto horrorizada.

—Volveré, tú por eso no te preocupes —responde—. Tengo que asegurarme de que entras en un programa de doctorado decente.

—Pero ¿quién va a cuidar de ti? —exclama mi madre—. ¡Tienes trece años!

Mi abuelo la mira, sereno.

—Melissa, los dos sabemos que esto no está funcionando. Hay cosas que quiero hacer... que necesito hacer. Y ya me cuidaré yo solo. Soy un adulto.

Ella parece que va a protestar, pero al final sólo frunce los labios.

—¿Adónde piensas ir? —le pregunto.

—No lo sé muy bien. Pensaba viajar. Coger un autobús. —Hace una pausa—. Ver el país.

Y me acuerdo del sueño de mi abuela.

Mi madre llama a una casa de mudanzas para que se lleven todo lo que hay en el piso de mi abuelo a un guardamuebles. Le compra también un móvil y lo incluye en nuestra tarifa familiar, para que pueda seguir en contacto con nosotros.

El día que se marcha, lo acompañamos a la estación de autobuses. Es un hervidero de gente yendo y viniendo, corriendo para coger autobuses que van a todas partes. Mi abuelo no sabe muy bien adónde dirigirse. Dice que no tiene otra cosa que tiempo y dinero.

—¿Estarás bien? —le pregunta mi madre.

—Por supuesto que sí. Tengo dos doctorados —contesta, rotundo.

Le doy un regalo de despedida.

—¿Qué es? —pregunta, sorprendido.

Abre el paquete y mira lo que hay dentro: mi colección de gomas para el pelo.

Se me saltan las lágrimas. No quiero que se vaya. Lo abrazo con mucha fuerza.

—Te quiero —le digo.

Él también me abraza y me susurra al oído:

—Creo en ti, Ellie. Tú eres mi «posible».

Lo veo subir al autobús y sé que nunca volveré a mirar un frutero o un trozo de queso o ninguna otra cosa de la misma manera. Resulta que lo que yo necesitaba para aprender el sentido de la vida era a mi abuelo.

Él era el pez de colores número catorce.

Todo vuelve a ser como antes, pero no parece lo mismo. Siento la casa extrañamente vacía. ¿Quién se iba a imaginar que se pudiera echar de menos el olor a calcetines de chico?

Decido redecorar mi cuarto. Ya no quiero ver tantas huellas de manos. Mi padre me ayuda un fin de semana que está en casa. Pintamos las paredes de azul marino, y con pintura que brilla en la oscuridad añadimos medusas cerca del techo. Cuando me meto en la cama por la noche es como si estuviera en el fondo del mar.

Ananda ha empezado a buscar universidad. Raj y yo lo acompañamos el día que va a visitar Berkeley. El campus es precioso, con grandes extensiones de césped y un ajetreo constante de estudiantes. Casi puedo ver a Oppenheimer paseando por allí, decidido y motivado.

Momo y yo hemos pasado mucho tiempo juntas últimamente. A ella también le encantan las películas de miedo. Hemos descubierto toda una serie de antiguas películas de terror sobre experimentos científicos fallidos (*Frankenstein*, *El hombre invisible*, *Tarántula*, *Godzilla*, *La mosca*). Nuestra favorita es *La humanidad en peligro*. Va de unas hormigas que quedan expuestas a la radiación durante las pruebas de la bomba atómica en Nuevo México y se convierten en unas hormigas gigantescas y monstruosas. Incluso convencimos al señor Ham para que diera una clase sobre películas de monstruos y ciencia. Es divertido volver a pasar tiempo con otra chica.

Y hay otros nuevos comienzos.

Un día que Ben viene a recoger a mi madre para salir a cenar, ella lo recibe en la puerta, arreglada y lista, esperando como una adolescente en su primera cita.

Atraviesa el umbral y se lanza a sus brazos, sobresaltándolo.

—Sí —le dice.

Él la mira confuso, pero yo sé a qué se refiere.

—Sí, me casaré contigo.

Celebran una sencilla ceremonia en el ayuntamiento y yo hago de testigo. Ben lleva una corbata azul que va a juego con el pelo de mi madre.

—Me encantan los finales felices —les dice la jueza a los recién casados.

—No es un final feliz —la corrijo.

Ella me mira sin entender.

—Es un comienzo feliz.

Pago veinte dólares para entrar a formar parte del Club Oficial de Fans de Melvin Sagarsky. Soy el miembro 232. Desde Helsinki, Finlandia, me envían un paquete de bienvenida que incluye un carnet del club y una camiseta con una fotografía de mi abuelo. Aparece mirando a la cámara con una expresión «melvinesca».

Lo echo de menos.

Y entonces empiezan a llegar las zapatillas. Zapatillas con forma de conejo. Pantuflas peludas de color rosa. Zapatillas de estar por casa tipo bota, con forro grueso. Zapatillas de leopardo. De cebra.

El último paquete contiene unas zapatillas que parecen cocodrilos y una postal de San Agustín, Florida, con la imagen de un arco en el que pone «FUENTE DE LA JUVENTUD». Por detrás, mi abuelo ha incluido una dirección de correo y ha escrito:

¡Ja!

PD: ¡Mi club de fans me ha invitado a dar una charla en su conferencia anual en Helsinki!

Yo le envío un paquete con más gomas para el pelo y otro libro del autor de *El guardián entre el centeno*. Se titula *Franny y Zooey*.

Estoy trabajando en un nuevo puzle en la mesa de la cocina cuando entra Nicole. Es de temática egipcia, con la imagen de las pirámides y el sarcófago de Tutankamón. Me lo ha regalado Raj.

—Ha llamado tu madre —me informa Nicole—. Ben y ella llegarán tarde. Dice que podemos pedir pizza.

Mi madre y Ben están en tratos con una inmobiliaria para buscar una casa nueva. Algo más grande, con un inodoro que no se atasque y un jardín, para que pueda tener un perro.

Pedimos la pizza y cinco minutos más tarde llaman al timbre.

—Qué rápido —comento.

Pero cuando voy a abrir, no veo a ningún repartidor. Una furgoneta de correos se acaba de poner en marcha.

—Parece que te han dejado un paquete —comenta Nicole.

En el porche hay una caja que dice: «CONTIENE HIELO SECO.»

—¿Qué es? —me pregunta ella.

Leo la etiqueta. El paquete está dirigido a mi abuelo y viene de algún lugar de Filipinas. Tiene un sobre pegado. Dentro hay una nota escrita a mano y al leerla me quedo sin aliento. Dice esto:

Querido doctor Sagarsky,

He encontrado una medusa todavía más rara que la última. He pensado que le gustaría verla.

Billy

~~Fin~~ Principio

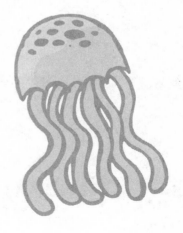

Nota de la autora

La ciencia siempre me ha inspirado. Igual que le pasa a Ellie, a mí me despertó el interés por ella alguien muy cercano: mi padre.

Mi padre, William Wendell Holm, que era médico, vivió dos guerras en las que los científicos tuvieron un papel fundamental: la Segunda Guerra Mundial y la guerra contra la Polio. Durante la Segunda Guerra Mundial sirvió en la marina, y más tarde se hizo pediatra y vacunó a los niños contra la polio. Cuando yo era pequeña, siempre tenía placas de Petri con agar sangre en nuestra nevera, para hacer cultivos de bacterias. Y solían estar en el mismo estante que el queso.

Todos los científicos que se mencionan en el libro son auténticos. Los descubrimientos de Galileo Galilei, Isaac Newton, Louis Pasteur, Marie Curie, Robert Oppenheimer y Jonas Salk cambiaron el mundo de una manera que todavía hoy nos afecta.

Vosotros también podéis ser científicos o científicas. Observad el mundo que os rodea. Haced preguntas. Hablad con vuestros profesores. No os deis por vencidos.

Buscad inspiración en los científicos que vivieron antes que vosotros y disfrutad del descubrimiento.

Y, sobre todo, creed en lo posible.

Gracias a Robert J. Malone, director ejecutivo de la Sociedad de Historia de la Ciencia.

Sobre la autora

Jennifer L. Holm se crió en el seno de una familia de médicos estadounidense (su padre era pediatra y su madre enfermera pediátrica), así que desde pequeña se acostumbró a oír historias de bacterias, antibióticos y científicos. Hoy, es una reconocida escritora de libros infantiles y juveniles. Tres de sus obras, entre ellas *Penny, caída del cielo*, han recibido la prestigiosa Mención de Honor Newbery. En colaboración con su hermano Matthew, Jennifer Holm es también autora de dos exitosas series de novela gráfica: *Babymouse* y *Squish*. Más información en www.jenniferholm.com